Date de l'édition originale : 1920-1930

Présente édition :

76, boulevard Pasteur
75015 Paris – France
www.editionscharleston.fr

ISBN : 978-2-38529-237-9

Maquette : Patrick Leleux PAO

Pour suivre notre actualité, rejoignez-nous sur Facebook (Éditions.Charleston), sur Instagram (@editionscharleston) et sur TikTok (@editionscharleston) !

Charleston s'engage pour une fabrication écoresponsable ! Amoureux des livres, nous sommes soucieux de l'impact de notre passion et choisissons nos imprimeurs avec la plus grande attention pour que nos ouvrages soient imprimés sur du papier issu de forêts gérées durablement.

Sarah Bernhardt

JOLI SOSIE

Roman

POCHE
CHARLESTON

Avant-propos de l'éditrice

Depuis la création des éditions Charleston en 2013, nous avons à cœur de porter les voix des femmes en littérature, de découvrir de nouvelles plumes d'ici ou d'ailleurs, de dénicher des textes qui nous font voyager à travers les continents et les époques, aux côtés d'héroïnes fortes et inspirantes. Et porter les voix du féminin, c'est aussi redonner la parole à des autrices injustement oubliées par l'histoire, et Sarah Bernhardt en est une incarnation parfaite.

Immense comédienne, bien connue pour ses nombreux rôles en France comme à l'étranger, au théâtre et au cinéma, icône de mode et symbole des années 1920, chevalier de la Légion d'honneur… On ne peut pas dire que Sarah Bernhardt soit tombée dans l'oubli. Pourtant, tout un pan de son œuvre reste méconnu aujourd'hui. On la connaît pour ses rôles et ses prestigieuses collaborations avec Victor Hugo, Edmond Rostand, Jean Cocteau ou encore

Oscar Wilde. Mais on ignore souvent son statut de directrice de théâtre et son farouche engagement politique, contre la peine de mort ou aux côtés d'Émile Zola lors de l'affaire Dreyfuss. On connaît mal ses peintures et sculptures, aujourd'hui exposées au musée Carnavalet, au Petit Palais ou encore au *Metropolitan Musuem of Art* de New York. Tout comme on ignore souvent qu'elle a écrit plusieurs pièces de théâtre ainsi que de courts romans.

Joli Sosie est l'un de ces romans auquel nous avons souhaité offrir une nouvelle vie. Il nous permet d'entrer dans les coulisses de la haute société du début du XXe siècle et d'entrevoir une part de la psychologie de l'autrice, en particulier de son rapport aux hommes et à l'amour. Un roman à la fois mordant et drôle, que nous sommes fières de vous faire découvrir !

Bonne lecture !

Alice Bercker
Responsable éditoriale des éditions Charleston

I

Le vent soufflait avec violence sur l'Atlantique et balançait de cadences successives le beau bateau *La France*, qui faisait route vers Le Havre. Les passagers étaient pour la plus grande part étendus sur des chaises-longues, boudinés dans des couvertures, les femmes, la tête enveloppée par des gazes bleues, blanches ou roses ; les moins élégantes s'encapuchonnaient de lainages tricotés par les soins d'une parente pauvre ou par la tendresse de filleules. Les hommes portaient la casquette rabattue sur les yeux, le capuchon d'un Burberrys, ou le chapeau mou calé sur les oreilles.

Deux jeunes filles se promenaient sur le pont, narguant le vent et les lames. Elles riaient de leur démarche titubante, qui les refoulait tantôt de droite, tantôt de gauche contre le bastingage.

Il était aisé de voir qu'elles n'étaient pas de la même classe ; et malgré la familiarité de leur tenue, – car elles s'étaient donné le bras pour résister plus fortement aux secousses du navire, on les devinait d'éducation différente.

En effet, Marion Larcher était la femme de chambre de la délicate américaine Elly Gordon-Hope.

Marion petite Française de vingt-quatre ans était une belle fille aux membres robustes, aux yeux doux et rieurs ; les attaches un peu lourdes disaient une origine vulgaire, mais un charme de santé et de quiétude honnête lui attirait les sympathies.

Elly était un être fragile, d'une souplesse un peu languissante, la tête très petite surmontait un joli cou rond et plein, des cheveux dorés, brillants et légèrement frisés, des yeux couleur noisette étaient les seuls attraits appréciables chez cette jeune fille de vingt-deux ans ; tout son être était noyé de brouillard. L'extrême élégance de sa mise, seule, indiquait qu'elle était un petit quelqu'un.

Sa mère, Madame veuve Gordon-Hope, comme disait la liste des passagers, n'avait pas bougé de sa cabine de luxe depuis sept jours. Elle n'était pas malade, mais elle se disait en perpétuel malaise et mangeait toute la journée des huîtres et des oranges que lui apportait son intendant Berthon.

Une italienne, nourrice de sa fille et qui répondait au nom de Dominga ne la quittait pas d'un instant, et sa femme de chambre Dinah Foxwell, sèche petite anglaise, venait aux heures qui lui avaient été indiquées par sa maîtresse, refusant énergiquement de se déranger à l'heure des repas. Elle faisait ce qu'elle avait à faire : aider sa maîtresse à sa toilette et veiller à ce que la femme de chambre du bateau fasse le lit de madame selon les indications qui lui avaient été données. Tout cela terminé, elle aidait

Madame Gordon-Hope à se recoucher, sonnait pour avoir une boule bien chaude et profitait de l'entrebâillement de la porte par lequel elle venait de commander la boule, pour disparaître ; elle ne revenait que le soir à neuf heures.

Dominga chaque jour, s'exaspérait avec une vélocité de langage qui amusait la paresseuse femme et la tenait éveillée.

Elly venait voir sa mère trois fois par jour, s'enquérait de sa santé et lui apportait chaque matin un petit bouquet qu'elle arrangeait avec grâce sur la table, près de son lit. Car la jeune fille avait fait préparer, avant de s'embarquer, dans une cabine retenue spécialement, quarante pots de plantes rares choisies par elle. Chaque soir, les fleurs étaient arrosées avec soin.

La famille Gordon-Hope était formidablement riche, le banquier Hope ayant laissé un milliard et demi à partager entre sa femme et sa fille. Elly jouissait de sa fortune depuis sa majorité. Le titre de riche parti pesait sur ses épaules délicates. Elle était généreuse et pitoyable, mais se sentait lasse des dîners, des fêtes, des bals de New-York. Elle ne pouvait se décider à faire un choix parmi la foule de prétendants qui la harcelaient. Nul ne lui plaisait. Elle avait obtenu, après de longs mois d'instances sans cesse renouvelées ce voyage en Europe. Madame Gordon-Hope, délicieusement paresseuse, s'effrayait de tout déplacement, puis son mari lui avait si souvent répété que la France était un lieu de perdition pour les femmes américaines, que sa tendresse maternelle s'apeurait un peu à l'idée de lancer Elly dans le monde parisien. Mais lasse de lutter contre les câlines supplications d'Elly, elle avait cédé ; de plus, elle avait été très impressionnée par les discours de son jeune secrétaire, Gennaro Apostoli, italien distingué d'esprit et de manières et, chose appréciable pour la jeune femme, – la mère d'Elly avait à peine trente-huit ans – Gennaro était une bibliothèque vivante, il savait tout, absolument tout. Il s'exprimait en français avec une pureté de langage digne d'un Tourangeau, il parlait très bien l'anglais, et, l'italien étant sa langue maternelle, il s'en servait pour convaincre, quand son conseil était sur le point de sombrer dans l'indifférence ou la lassitude. Comme toutes les Américaines de la haute société, la mère et la fille parlaient plusieurs idiomes.

Dès qu'elle se fut définitivement décidée, Madame Gordon-Hope remit vingt mille dollars à son secrétaire, le priant de partir par le prochain paquebot, afin d'aller en France tout préparer pour les recevoir. Toutes deux devaient s'embarquer un mois après.

— Voulez-vous donc absolument épouser un étranger ? demanda l'aimable veuve à sa fille, un jour que cette dernière exprimait sa joie de la décision prise par sa mère.

Mais, tendrement câline, la jeune fille avait répondu :

— Non, ma mère, je ne vais pas en Europe pour me marier, j'y vais pour échapper à cette abondance de compliments mensongers, qui me deviennent une torture.

— Mais, les hommes sont, en Europe, plus coureurs de dot qu'en Amérique !

— On le dit, ma chère maman, mais à Paris je ne veux pas aller dans le monde. Tous ignoreront que je suis la richissime Elly Gordon-Hope, et je vivrai de la vie des gens heureux qui vont et viennent ainsi qu'il leur plaît sans que personne ne s'inquiète d'eux. Je ne suis pas jolie, je le sais…

— Vous faites erreur, Elly, vous êtes tout à fait charmante.

— Peut-être pour vous, mère chérie, mais je vous assure que le plus souvent je passe inaperçue quand on ne sait pas qui je suis. Oh ! j'ai fait l'expérience de ce que je vous avance, et cette expérience je la recommencerai.

— Bien, bien, nous reparlerons de cela en France, avait dit Madame Gordon-Hope, fatiguée de l'effort qu'elle avait fait, – et combien léger il était, – pour dissuader sa fille.

Un mois après le navire français les entraînait toutes deux vers leur destinée.

II

La mer fut clémente aux voyageuses et l'équinoxe d'automne qui se manifeste si souvent par de brutales agressions contre les navires conquérants de l'Océan ne se fit sentir que pendant quelques heures.

Le capitaine avait dit à Madame Gordon-Hope :

— Demain samedi, nous entrerons en rade à 9 heures.

Mais dès cinq heures du matin, il y eut un tel brouhaha, que l'Américaine s'enquit du pourquoi de ce fracas inusité. Dominga accourut dès le premier coup de sonnette de sa maîtresse.

— Oh ! Madame, c'est si zoli de voir le bateau qui vient au-devant de nous avec les médecins, les douaniers et sur l'avant le signor Gennaro qui agite son chapeau dans l'air ! Tout le monde est sur le pont.

— Il faudrait avertir ma fille.

— Oh ! miss Elly est au bastingage depuis une heure. Elle fait danser son mouchoir comme ça.

Et la bruyante Italienne secouait en riant un des pans de la gaze qui enveloppait sa tête.

— Envoyez-moi Dinah.

— Tout de suite ?

— Évidemment !

— Ah ! bien, c'est qu'elle va rezimber, dit en sortant en coup de vent, comme elle était entrée, la gaie créature.

La France s'arrêta quelques minutes pour permettre au *Cyclope* de l'aborder. Tout le monde grimpa lestement sur le paquebot et ce fut une joie générale mêlée de tendresse émue pour ceux qui tenaient embrassés les êtres chéris attendus depuis sept jours. Le secrétaire de Madame Gordon-Hope fut un des premiers arrivés.

C'était un homme d'une trentaine d'années, très élégant, au visage grave, dans lequel un charme mystérieux, venait de deux grands yeux noirs ombrés par des cils touffus. Il salua profondément Elly et lui demanda des nouvelles de sa mère.

— Oh ! ma mère n'est pas encore levée. Attendez un instant, je vais la prévenir de votre arrivée.

Elle revint bientôt rieuse.

— Ma mère sera prête dans un quart d'heure. Je lui ai envoyé Marion, car Dinah se refuse à faire un mouvement plus vite que l'autre, et comme je lui reprochais sa lenteur, elle m'a répondu :

— « Madame votre mère ne s'est jamais plainte de mon service, mademoiselle, je n'ai donc pas à le modifier. »

— Qu'en dites-vous ?

Gennaro haussa légèrement les épaules.

— Ma mère m'a priée de vous faire attendre dans son petit salon. Suivez-moi.

Tous deux s'installèrent dans l'élégante pièce qui attenait à la cabine de la riche américaine. Des fleurs partout ! Des étoffes précieuses sur les meubles ! Un piano sur lequel se trouvait le portrait de feu Monsieur Gordon-Hope, ayant sa fille Elly, âgée de cinq ans sur ses genoux. Tout le luxe charmant et féminin d'un boudoir parisien. Seul, le doux balancement du bateau vous rappelait à la réalité.

Quand Madame Gordon-Hope entra, une furtive rougeur éclaira le visage du jeune homme. Il baisa la main qu'elle lui tendait en souriant, mais son visage, sa contenance, l'émotion de sa voix trahissaient le grand plaisir qu'elle éprouvait à revoir Gennaro. Lui, la regardait de ses yeux aimantés. Un psychologue n'eût pu s'y tromper. Ces deux êtres s'aimaient et n'osaient pas se l'avouer à eux-mêmes. Tous deux se tenaient sur une réserve, ébréchée en ce moment par la joie de se retrouver. Elly, qui avait deviné cet amour depuis longtemps, rompit volontairement la légère contrainte qui les oppressait.

— Eh bien, Gennaro, dites-nous ce que vous avez fait pendant ce long mois.

Elle appuya gentiment sur ce mot « long » en jetant un regard tendre et malicieux vers sa mère.

— J'ai tout arrangé ; vos appartements sont retenus à Majestic Hôtel. J'ai choisi deux automobiles : une Rolls-Royce pour vous Madame qui aimez vous étendre et une très jolie Berliet pour vous Mademoiselle.

Deux serviteurs, arrêtés par Gennaro pour le service de ces dames et qu'il avait amenés de Paris, déchargèrent quarante malles américaines. Les colis indispensables, la boîte à beauté de Madame Gordon-Hope, sa cantine à thé, la pharmacie, la boîte à jeux, un long étui, capitonné dedans et dehors contenant les cuvettes d'argent avec leurs brocs, le panier du petit chien d'Elly, les ombrelles, les couvertures, tout cela fut mis dans la voiture ouverte, au grand déplaisir de Frédéric, le second chauffeur arrêté par le secrétaire, afin d'assurer le service de ces dames.

Elly prit place près de sa mère, dans la Rolls-Royce. Dominga Torelli, la nourrice italienne, s'assit en face d'elles et Marion, demanda la permission de monter sur le siège de la voiture de Madame Gordon-Hope, conduite par le chauffeur Paul Bourneuf.

La sèche femme de chambre de Madame, Dinah Foxwell, s'arrangea tant bien que mal dans l'auto découverte, ayant pour compagnons, Berthon, l'intendant, et Benoît, le nouveau maître d'hôtel.

Les voitures se mirent en route vers Paris, précédées par le signor Gennaro, qui conduisait lui-même une torpédo Delage, longue et fine.

— Il est surprenant, Gennaro, ne trouvez-vous pas, Elly ?

— Oui, il est amusant, répliqua la jeune fille.

Mais Dominga répliqua :

— Amusant, dites-vous, je le trouve, comme madame votre mère, surprenant, extraordinaire, irremplaçable.

Elly se mit à rire.

— Ne te fâche pas, nourrice, je pense comme toi. Je le trouve tout à fait étonnant.

Madame Gordon-Hope rêvait.

Les voitures roulaient vers Paris. Le silence s'était fait dans la Rolls.

Dans la Berliet, Benoît essaya vainement de converser avec Dinah Foxwell, qui lui répondit avec une si méchante humeur, que le malheureux s'excusa, mais comme il le fit en anglais, le visage de la saxonne prit un aspect moins sévère, et sa voix s'adoucit. Elle parlait mal le français et ne faisait aucun effort pour l'apprendre, détestant avec âpreté, la France, les Français et leur langue.

Une déception douloureuse avait certainement terni le visage de cette femme qui, quoique jeune, – elle avait à peine trente ans, – réfrigérait, par la raideur de sa tenue, tous ceux qui l'approchaient.

Quant à Marion Larcher, elle avait pris place près de Paul Bourneuf, le chauffeur et parlait avec une enfantine exubérance.

Elle mit son compagnon au courant de tous les hôtes de la maison dans laquelle il venait d'entrer et voici ce qu'il entendit :

— Madame Gordon-Hope, fidèle à son veuvage, se laisse cependant courtiser par son secrétaire, Gennaro Apostoli qui est, je crois, sincèrement amoureux d'elle.

— Ah ! c'est le secrétaire, ce beau garçon qui tient le volant de la première voiture ? Eh bien, il est rudement chic.

Quant à votre patronne, je la trouve si jolie, et l'air si jeune. Vous êtes sa femme de chambre ?

— Non, moi je suis la femme de chambre de mademoiselle Elly. Elle est si charmante, ma jeune maîtresse, vous savez, et bonne, et généreuse.

— Elle n'est pas si jolie que sa mère, s'exclama le chauffeur.

— Vous l'avez mal regardée.

Et Marion continua :

— La femme de chambre de Madame Gordon-Hope, c'est Dinah Foxwell, une bûche humide, rien ne peut l'allumer. Elle est froide comme une pluie de novembre.

Le chauffeur se pencha vers elle.

— Et vous, réchauffante comme un soleil d'été.

Elle se mit à rire.

— Vous n'allez pas me faire la cour !

— Mais si, mais si.

— Oh ! non, moi je ne marche que pour le mariage.

— Eh bien, on verra si ça colle, fit-il joyeusement. Et la vieille à cheveux blancs, qui rit toujours ?

— C'est une Italienne, Dominga Torelli, qui fut la nourrice de Mademoiselle Elly. Ce n'est pas une femme, c'est un dévouement. Ses cheveux blancs sont prématurés, elle n'a que quarante-six ans.

Un coup de sifflet arrêta les trois voitures, ainsi qu'il avait été convenu au départ.

— Je vais voir ce qu'il y a, dit Marion, en sautant légèrement du siège.

Dinah s'était mise debout, essayant de se rendre compte. Benoît descendit, et comme il se disposait à aller aux nouvelles, Marion revint vers la Rolls, accompagnée de Gennaro.

— Voilà, dit-elle, en reprenant place près de Paul Bourneuf, on arrive dans dix minutes à Caudebec, où on doit déjeuner, vous voyez, le secrétaire prévient ces dames pour qu'elles prennent leurs dispositions, c'est-à-dire, ajouta-t-elle tout bas, qu'il faut que Madame Gordon-Hope soit au repos pour mettre sa poudre de riz, son rouge pour les lèvres et un peu de terre d'ombre sur ses paupières. Nous en avons pour un quart d'heure. Ah ! mademoiselle m'appelle, je vais faire les cent pas avec elle.

Marion rejoignit sa jeune maîtresse.

Gennaro, à la portière de la limousine, causait avec madame Gordon-Hope, et tous deux semblaient heureux.

Tendant le bras vers sa mère, Elly montra l'heure de son élégant bracelet.

— Mère chérie, je crains que vous ne déjeuniez trop tard.

— C'est vrai, dit vivement le jeune homme.

Et il s'éloigna pour rejoindre sa voiture.

Il avait fait signe à Paul Bourneuf de se préparer.

— Je vais avec vous, Gennaro, vous permettez maman ; je tiendrai le volant jusqu'à Caudebec.

L'aimable veuve acquiesça d'un sourire.

— Soyez prudente, Elly, ne jetez pas Gennaro dans un fossé.

Cette remarque, inconsciemment bizarre, venant d'une mère aussi aimante que l'était réellement Madame Gordon-Hope, frappa la jeune fille.

— Chère maman, comme elle l'aime, pensa-t-elle.

Puis, lui envoyant un baiser du bout de ses doigts gantés :

— Ne craignez rien, je serai prudente.

Caudebec est un coin charmant reposant à regarder.

La rivière la Caux, roulant ses eaux en douces vaguettes, apaise les rancœurs des passagers contre l'Océan, qui les a si souvent incommodés.

L'hôtel est accueillant et gai.

Quand les voyageuses entrèrent dans la grande salle, elles se dirigèrent de suite vers le coin fleuri où deux couverts étaient préparés sur une table enguirlandée de petites roses.

Des bouquets de corsage, posés sur les assiettes, attiraient les regards, un de roses rouges, un de frêles roses blanches. Madame Gordon-Hope et sa fille, attachèrent les bouquets à leur ceinture.

— Vous avez donc déjeuné, Gennaro, demanda l'Américaine.

— Mais non, et je meurs de faim.

Et il montra une petite table préparée pour un seul convive.

Berthon, l'intendant, sur un signe que lui fit sa maîtresse, plaça immédiatement le troisième couvert sur la table fleurie et, frappant des mains, il prévint le garçon accouru à l'appel, qu'on pouvait servir Madame.

Puis il alla reprendre sa place au fond de la pièce, car il n'y a pas, dans ces petits hôtels en cours de route de salle pour les courriers. Force fut donc pour les serviteurs de manger dans la même pièce. Berthon, Dominga, Dinah, Marion, Paul Bourneuf, Benoît et Frédéric, s'étaient mis à la plus éloignée des tables.

— Mademoiselle votre fille conduit déjà très bien, dit Gennaro, en se penchant vers l'indolente Américaine.

— Ce sport est fort inquiétant et ma fille devrait y renoncer.

— Mais, ma chère maman, vous trouvez tous les sports inquiétants ; je ne devrais ni monter à cheval, ni jouer au golf, au tennis, au polo. Alors, que ferais-je ?

— Mais moi, je n'ai fait aucun de ces sports, et...

— C'est pour cela que vous êtes si jeune et si fraîche. On nous prend pour les deux sœurs.

— C'est vrai, dit Gennaro.

Le déjeuner, commandé par un fin gourmet, et très bien exécuté par un chef mis en éveil par son patron, qui, lui, avait deviné le riche et généreux client, fut délicieusement animé par les trois convives. Madame Gordon-Hope ne buvait toujours que du champagne et quoiqu'elle n'en prît qu'une toute petite quantité, ce vin français éveillait sa nonchalance naturelle et la rendait plus verbeuse. Comme elle avait un esprit très fin, Gennaro prenait plaisir à exciter sa verve. Elly adorait voir sa mère sortir de cette torpeur mélancolique qui était le fond réel de sa nature.

À la table des serviteurs, la joie n'était pas moins visible. La belle Marion était courtisée par Paul Bourneuf, ce qui énervait effroyablement Dinah. Elle voulut prendre la nourrice à témoin de la mauvaise tenue de Marion, mais Dominga, fille du soleil, aimait voir les êtres s'aimer, aussi elle rabroua Dinah avec une telle faconde qu'ils faillirent s'étrangler tous, ayant mis volontairement, par respect pour leurs maîtres, une sourdine à leur hilarité.

Une heure après, les voitures emportaient tout ce petit monde échafaudant des rêves.

Madame Gordon-Hope éveillait son passé. Son mari, un pur Américain, toujours pressé, toujours affairé, aimait sa femme, mais oubliait de le lui dire. « Elle est riche, donc elle est heureuse », pensait-il ; puis, soudain, le rêve de la jeune femme s'assombrit. Une dépêche lui apprenait la mort de ce mari, frappé par une insolation, et elle ne l'avait plus jamais revu, même mort. On avait porté le corps dans la glacière de l'entrepreneur des pompes funèbres, puis au cimetière… Elle frissonna ; mais le ciel d'Italie vint réchauffer son rêve. Oui, elle irait en Italie, ce pays adorable, dont la rieuse Dominga lui parlait sans cesse, ce pays dans lequel l'art se manifeste dans toutes ses beautés, sous toutes ses formes. Enfin, ce pays de Gennaro Apostoli. Elle s'endormit doucement, continuant son rêve.

Elly s'affirmait à elle-même qu'elle allait au-devant de sa destinée et sa rêverie chantait telle une alouette au soleil levant.

Gennaro veillait sur la conduite du volant, tenu par les mains inexpertes de la jeune fille, qui, un peu effrayée par deux brusques embardées, s'excusa gentiment en lui remettant la direction.

III

Les Gordon-Hope étaient installés depuis huit jours dans leur très luxueux appartement de Majestic Hôtel. Un matin, Marion frappa à la porte de sa jeune maîtresse.

— Qu'est-ce que vous désirez, Marion ? dit la jeune fille, intéressée par l'air contrit et embarrassé de sa camériste.

— Voilà, mademoiselle, je voudrais vous demander la permission d'aller au bal, mardi prochain.

Elly se mit à rire.

— Quel est ce bal, ma gentille Marion ?

— Celui des gens de maison.

— Expliquez, je ne comprends pas.

— Ce sont, mademoiselle, les valets de chambre, les maîtres d'hôtel et les femmes de chambre de certaines grandes maisons, qui donnent un bal trois fois par an, par souscription. On paie cinquante francs et il faut de très grandes références pour y être admis.

— Oh ! que cela doit être amusant !

Puis Elly resta songeuse.

— Eh bien, moi aussi je veux aller à ce bal.

Marion, stupéfaite, recula d'un pas.

— Vous, mademoiselle, vous !...

— Oui, moi ! Personne ne me connaît encore à Paris ; je mettrai une perruque brune ce qui, je crois, me changera tout à fait ! Est-ce que les gens de l'hôtel ?...

— Oh ! non, mademoiselle, les serviteurs des hôtels ne font pas partie de ce bal, dont la société est très fermée.

— Et le chauffeur ?

— Oh ! Paul Bourneuf est en deuil, et ne va pas au bal, et je sais que Frédéric, le chauffeur de mademoiselle, n'est pas invité. Mon frère est secrétaire du cercle qui offre le bal ; il me donnera deux cartes.

— Ah ! comme ce sera charmant et nouveau, dit Elly en frappant ses mains aristocratiques.

Ceci se passait un vendredi, il ne restait donc que quatre jours pour tout préparer. Le secret fut bien gardé par les deux jeunes filles. Elly se fit faire sa robe par la couturière de Marion. Une robe en gaze grise découpée à la vierge. La robe de Marion fut commandée en soie rose, avec large décolleté un petit nœud avec une fleur sur l'épaule.

Le plus difficile à trouver fut la perruque qui devait rendre Elly méconnaissable.

— Les coiffeurs sont bavards, dit Marion. Je ne connais que celui de l'hôtel !... Et alors, quels potins !

Puis, tout à coup illuminée :

— Ah ! nous sommes sauvées, mademoiselle. Je connais la fille du coiffeur du Théâtre Sarah Bernhardt, elle me prêtera tout ce que nous désirerons.

— Mais comment connaissez-vous ?…

— La fille de Thomas et Thomas lui-même ? mais je les ai connus en Amérique, mademoiselle. Ils faisaient partie de la compagnie française qui a eu tant de succès à New-York, lui comme perruquier, elle comme artiste, car c'est une très charmante et très adroite petite artiste, Madeleine Thomas et si mademoiselle me permet, j'irai ce soir même au théâtre.

— Non seulement je vous le permets, Marion, mais je vous accompagne. J'ai tant envie de voir des coulisses. Ma mère m'a prévenue qu'elle se coucherait de bonne heure, parce que demain, nous allons au concert de Paderewski.

Et le soir même, Elly et sa camériste pénétraient par l'entrée des artistes dans le théâtre Sarah Bernhardt.

La loge dans laquelle s'habillait Mademoiselle Thomas, leur fut indiquée. Marion frappa doucement.

Une habilleuse ouvrit la porte, et la petite Américaine se trouva subitement éblouie par la grande lumière, dans un milieu inconnu, rieur, désordonné, et d'une atmosphère irrespirable, puis elle distingua trois jeunes femmes se déshabillant avec précipitation, jetant leurs souliers au hasard et laissant tomber en pluie leurs vêtements pour bondir dans un maillot ou une robe que leur présentaient les habilleuses.

La petite Thomas se jeta au cou de Marion, sans se soucier du décolleté de sa tenue.

— Ah ! te voilà ! Tu es de retour d'Amérique ? Je suis contente de te voir.

Et pendant qu'elle parlait, l'habilleuse lui passait son maillot noir : elle faisait un petit page dans *Lorenzaccio.*

Un « En scène, mesdemoiselles », dit d'une voix rude, fit tressaillir Elly, qui était encore suffoquée par l'atmosphère surchauffée et parfumée de la loge. Du reste, elle trouvait les trois jeunes filles charmantes. Elles lui avaient semblé manquer de pudeur au premier abord, mais elle comprit vite que la responsabilité de ces fillettes était énorme et, si petite que fut leur part, une seconde perdue pouvait provoquer la mauvaise humeur du public qui n'aime pas les entrées ratées.

C'était elle, l'intruse, qui se trouvait dans son tort, si sa pudeur se trouvait choquée. Mais Elly était pudique et non pudibonde. Toutes ces réflexions naissaient dans son cerveau, et elle se prenait d'amitié pour ce petit monde travailleur.

Marion avait présenté sous le nom d'Elly, la richissime Américaine à l'humble, mais charmante petite artiste Madeleine Thomas qui, lui frappant familièrement sur l'épaule, lui dit :

— Je sors de scène dans dix minutes, je vous conduirai là-haut, chez papa.

Une voix cria :

— Mademoiselle Thomas, Mademoiselle Thomas, Madame va entrer en scène.

— Vite, vite, suivez-moi toutes deux, dit la jeune artiste.

Et, pressées et légères, elles s'envolèrent, tel un trio de moineaux. Elles arrivèrent au moment où Lorenzaccio cherchait du regard les petits pages qui devaient le suivre, et s'adressant à Madeleine Thomas :

— Tu as failli manquer ton entrée, fillette.

Puis voyant deux inconnues, l'artiste fit appeler le régisseur ; mais le page s'excusa :

— Oh ! Madame chérie, ce sont mes amies, voulez-vous leur permettre…

— Ah ! bien, c'est différent, reprit Lorenzaccio, qu'elles restent là, mais qu'elles ne bavardent pas.

Et le seigneur italien pénétra sur la scène, suivi de la figuration dans laquelle se trouvaient pages et seigneurs.

La jeune Américaine avait esquissé la révérence mondaine, mais Marion l'avait poussée doucement. Elle s'en expliqua avec sa maîtresse.

— Excusez-moi, mademoiselle, mais votre révérence vous aurait trahie.

— Je suis tout à fait stupide, murmura Elly, j'oublie sans cesse mon rôle.

Dix minutes après, mademoiselle Thomas sortait de scène. Elle entraîna les deux jeunes filles jusqu'aux combles du théâtre, quatre étages fabuleusement hauts.

Elly, ainsi que tous les Américains fraîchement débarqués, ignorait les escaliers, lesquels servent, en Amérique d'en-cas si un élévator s'arrête ou se brise, aussi arriva-t-elle à la loge du perruquier, fatiguée, ayant perdu le souffle.

La jeune étrangère se crut transportée dans un conte d'Edgard Poë. Un millier de perruques, les unes pendues au mur ou accrochées au plafond, les autres sur des champignons. Il y en avait de toutes les époques, de toutes les couleurs : les perruques byzantines aux lourdes nattes chargées de pierreries, les Renaissance, aux petites nattes serrées et tournées en colimaçon, qui devaient s'appliquer sur les tempes. Une longue et blonde chevelure d'Ophélie, dont les mèches étaient entremêlées de fleurs aquatiques et d'herbes couvertes de perles de cristal figurant des gouttes d'eau. Cette perruque était celle d'Ophélie, qui noyée, et transportée avec pompe au cimetière, est reconnue par Hamlet. Une terrible perruque de Yoghi aux cheveux embroussaillés comme des nids d'oiseaux, était accrochée à un champignon fiché dans le mur. Des coiffures frisées et blondes pour les pages, côtoyaient de rudes tignasses paysannes aux cheveux drus et roussâtres. Le grand front dégarni de l'empereur d'Autriche, grand-père du duc de Reichtadt, placé soigneusement sous un globe, ses boucles grises reposant sur un piédouche en velours, attirait le regard. Thomas, ancien zouave, ayant servi sous Napoléon III était resté impérialiste… d'où le globe de verre. De fines perruques Louis XV et Louis XVI frayaient avec les cheveux hirsutes de Mirabeau, les cheveux plats du grand Corse, la coiffure de Marat et celle du bourreau de Théodora.

La fenêtre, entrouverte, soulevait les mèches légères et l'air déplacé par les mouvements des quatre personnes enfermées dans cette loge, accélérait leur envol. Elly sentait son visage caressé par d'innombrables et invisibles petites pattes. Tout son être tressaillit de malaise. L'air était surchauffé ; un relent de cosmétique, de pommade, de benzine, de parfums et de naphtaline lui soulevait le cœur ; ses tempes bourdonnaient ; il lui sembla voir des visages grimacer sous toutes les perruques.

Un frisson indéfinissable la saisit, elle prit vivement la main de Marion, voulut parler, et s'affaissa entre les bras qui s'étaient tendus vers elle. Transportée dans le large couloir, elle reprit ses sens, mais se voyant entourée par des seigneurs vénitiens et des dames aux riches atours qui, les unes agenouillées, lui tamponnaient les mains d'eau de Cologne, les autres penchés vers elle s'inquiétaient gentiment du pourquoi de son malaise, Elly eut quelque peine à renouer ses idées. Elle se rappela ce qui s'était passé, en entendant le brave coiffeur Thomas lui dire :

— Mauvais soldat, mauvais soldat, qu'est-ce que vous auriez fait à Reichoffen ? Ah ! fallait voir ça. Et huit jours après, quand on a été chercher notre colonel enfoui sous les morts, ça sentait plus mauvais que les perruques.

Le brave homme avait reçu la médaille en 1870, et pour lui, le passé, le présent et l'avenir prenaient naissance et fin à cette époque.

Elly, un peu confuse de sa faiblesse, s'excusa gentiment auprès de chacun et remercia le coiffeur, qui lui remit une petite boîte en bois sur laquelle un chiffre S.B. était imprimé.

— Vous voyez, c'est la perruque de Cléopâtre portée par Madame.

Et mettant un doigt sur sa bouche :

— Chut !!!!

— Chut !… motus… ayez en bien soin.

Rentrées à l'hôtel, Marion essaya la perruque brune à sa maîtresse. La jeune fille était réellement méconnaissable. Ces cheveux d'un brun sombre rendaient son teint nacré d'un blanc plus mat. Au lieu de l'auréole dorée qui encadrait son visage aux traits indécis, la lourde perruque qu'elle dut coiffer en bandeaux plats, durcissait un peu ce visage, et lui prêtait quelques années de plus.

Mais Elly, ravie, riait comme une enfant. Trois fois elle ôta et remit sa coiffure pendant que Marion la déshabillait, et elle s'endormit heureuse et confiante.

Enfin, le mardi si attendu arriva !...

Elly, le visage changé par ses faux cheveux, l'air embarrassé dans son inélégante robe grise, contrastait singulièrement avec Marion, qui frémissait d'aise dans sa toilette un peu criarde.

Le bal était donné dans les salons de Bonvallet, restaurant qui hospitalisait généralement les noces des petits commerçants du quartier du boulevard du Temple et de la Place de la République.

La petite milliardaire s'en fut avec sa compagne dans un taxi ; les remarques paternellement familières du chauffeur l'amusèrent beaucoup. Elle le pria de sa voix claire de vouloir bien les attendre, et, comme il hésitait, elle lui donna quarante francs, disant :

— Vous en aurez autant après.

— Oh ! voilà beaucoup d'argent pour des jeunesses. Vous n'êtes donc pas des honnêtes filles ?

— Chut ! vieux père ! dit vivement Marion, ce sont nos économies d'un mois, nous sommes très honnêtes.

— C'est bon, on vous attendra, dit le brave homme, mais les deux ronds d'or suffiront pour le tout.

Le bal était commencé quand les jeunes filles pénétrèrent dans la salle. Elles allèrent s'asseoir près d'une fenêtre.

Un danseur vint aussitôt engager la belle Marion.

Elle glissa un regard gêné du côté de sa maîtresse qui lui dit :

— Va, Marion, va danser ; ce sera mon tour tout à l'heure.

Et Marion s'en fut, joyeuse, ébauchant de suite le pas du fox-trott, car tous dansaient les danses à la mode.

Elly ne put réprimer son étonnement.

— Hein, ça vous choque, lui dit une grosse femme de chambre de trente-cinq à quarante ans, très fraîche, très décolletée, très rieuse.

— Mais non, je ne suis pas choquée, je suis un peu étonnée, voilà tout.

— Tiens, vous avez l'accent anglais, vous êtes anglaise ?

— Oui, dit en rougissant un peu la jeune américaine.

— Vous ne me croirez pas, continua la grosse femme, je suis depuis dix ans chez des anglais, je ne peux pas comprendre un mot !

Et elle découvrit, dans son rire bruyant, une mâchoire forte et saine.

— Mon mari est celui qui danse avec cette grande sèche en robe feu. Il est le valet de chambre de l'ambassadeur d'Angleterre et moi je suis seconde femme de chambre de l'ambassadrice !

Elly devint pourpre, elle dînait le lendemain même à l'ambassade.

Marion était revenue près de sa maîtresse, qui lui fit part de ce qu'elle venait d'entendre.

— Oh ! soyez sans crainte, mademoiselle. Moi-même, une seconde, je ne vous ai pas reconnue.

Un beau garçon, maître d'hôtel d'une maison ducale, vint enlever Marion. Cette fois on dansait le *greez-lee bear.*

— Marion sait donc toutes les danses de mon pays, pensa Elly, qui regardait stupéfaite, la belle créature très à l'aise, malgré la curiosité animée dont elle était l'objet.

Un vieil intendant avait pris la place de la femme de chambre de l'ambassadrice.

— Eh bien, ma petite, vous ne dansez donc pas ?

Elly eut un mouvement de recul.

— Oh ! ne craignez pas, continua le vieil homme. Je ne veux pas vous inviter, je ne danse plus. J'accompagne ma femme. Tenez, cette jolie brune qui passe devant vous.

Une jeune femme mince envoya en passant un baiser à ce mari, qui murmura :

— Drôle de danse, tout de même ; ils sont collés l'un à l'autre comme un sandwich.

Et il se leva pour aller prendre l'air.

L'*one step* succédait aux *bostons.*

Marion, grisée par son succès, ne manquait pas une invitation. Elle était devenue la reine de la fête. Et la petite milliardaire pensait aux bals de l'année précédente à New-York. Son carnet ne suffisait pas pour inscrire les danseurs.

— Ah ! pensa-t-elle, comme ils sont menteurs, tous ceux qui disaient m'aimer… Je savais bien que je n'étais pas jolie… mais je croyais…

Et la malheureuse enfant essuya de sa main gantée une larme qui perlait entre ses cils.

— J'ai bien fait de venir ici, l'aventure est cruelle, mais elle me sera profitable.

Elle resta silencieuse, l'œil fixe, continuant à penser.

Non loin de là, un homme d'une trentaine d'années la regardait. C'était le romancier déjà célèbre, Jacques de Touzan. Il était venu à ce bal, grâce à la complicité de son valet de chambre. Il faisait un livre de psychologie sur les ascendances des races.

Il avait suivi l'éblouissante Marion. Il regarda la jeune fille avec laquelle elle parlait. Il se surprit en éveil, et fidèle à sa conception de l'instinct, il pressentit un mystère et devina ce que nul parmi ce monde un peu fruste, ne pouvait voir : un petit être humain soudainement jeté à la dérive et se débattant seul, pour reprendre son équilibre. Il vit la jeune fille essuyant une larme, et son cœur s'angoissa de pitié. Il vint vers elle.

— Ne voulez-vous pas danser, mademoiselle ?

Elly regarda, surprise, doutant que ces paroles fussent pour elle. Jacques de Touzan était très joli garçon ; il avait un charme prenant et savait porter avec distinction sa haute taille.

Voulant chasser les papillons noirs qui envahissaient son cerveau, elle se leva lentement, pour acquiescer au désir du jeune homme. L'orchestre faisait entendre les premières mesures d'un tango. Cette danse, un peu difficile, entraîna peu de couples. Elly et Jacques étonnèrent les invités. Le romancier, lui-même, fut surpris de la sûreté pleine de grâce avec laquelle la jeune fille attaquait les pas les plus incohérents. Sa distinction le frappa, et quand il l'accompagna à sa place, il lui demanda la permission de rester quelques instants.

Elly se sentait en confiance.

— Dans quelle maison êtes-vous ? demanda-t-elle doucement.

— Chez un romancier, mademoiselle, et vous ?

— Oh ! moi, dit-elle en balbutiant, je suis arrivée d'Angleterre, il y a quelques jours seulement. Mon amie me trouvera une place j'espère.

Sa jeunesse avait repris le dessus, et puis ce grand jeune homme s'intéressait à son sort. Elle prit donc plaisir à causer avec lui, d'autant, pensait-elle, qu'il est vraiment charmant, ce valet de chambre.

— Avez-vous lu quelquefois des livres de Jacques de Touzan, mon patron ?

— Mais oui, dit-elle vivement.

Et elle fit l'éloge et la critique du jeune littérateur avec une justesse d'aperçus divinatoires qui le stupéfièrent.

— D'où sort cette gamine ? Quelle est son origine ?

Il regardait les mains longues, les poignets délicats, les chevilles racées… et se perdait en conjectures.

Tous deux avaient oublié l'endroit où ils se trouvaient, ils s'étaient créé une ambiance intellectuelle qui les tenait à l'écart de tout ce brave monde qui devenait de plus en plus bruyant.

Marion revint près de sa maîtresse, mais la voyant en grande conversation avec le beau garçon, elle était repartie au milieu de ses adorateurs.

Cependant Jacques découvrait à tout instant une qualité, une beauté même dans cette petite personne qui l'avait intéressé psychologiquement, et qui, maintenant, s'emparait de lui tout entier. La couleur noisette des yeux d'Elly se pailletait d'or par instants, il remarqua ses narines transparentes et roses, sa voix musicale, ses expressions choisies, son rire discret. Tout le surprenait, le charmait.

— Ne pourrais-je vous revoir ? demanda-t-il soudain.

Elly tressaillit. Elle oublia un instant son rôle.

— Mais non, mais non, c'est tout à fait impossible.

Il s'approcha davantage et tenta de lui prendre la main. La jeune fille se dressa, son visage était devenu blanc, ses mains se glacèrent. Ce valet de chambre allait un peu loin. Elle le regarda froidement.

— Laissez-moi, monsieur, lui dit-elle.

Il était debout, profondément intrigué.

— Je pars ! dit-elle en anglais à sa camériste qui passait.

Marion quitta de suite son danseur et s'approcha d'Elly. Au moment où elle allait parler à sa maîtresse, Jacques s'inclina, disant :

— Je parle anglais, mesdemoiselles, permettez-moi de me retirer.

Et s'adressant à Elly :

— Je regrette d'avoir à vous dire adieu. Les quelques minutes que j'ai passées près de vous, mademoiselle, m'ont fait votre serviteur et il me sera impossible désormais de vous oublier.

Elly inclina sa tête gracieuse sans répondre. Elle avait esquissé un mouvement de main tendue vers lui, mais son orgueil d'Américaine figea cette main.

Rien n'avait échappé au romancier. Il se sentit à la fois blessé et charmé par cette réserve un peu hautaine.

Quelle était cette jeune fille ? D'où venait-elle ? Le respect involontaire de la belle Marion pour sa compagne, l'avait frappé. Il les avait suivies des yeux à leur départ. Il avait vu, par la fenêtre, Marion aller chercher la voiture, avait remarqué que les ordres étaient donnés par la petite anglaise qui monta, légère, dans le taxi pendant que la jolie fille tenait la portière. Jacques de Touzan resta rêveur, et sentit l'emprise de son être par une force de l'au-delà. Il s'abandonna, heureux de ce renouveau qu'il n'aurait pas cru possible quelques heures auparavant.

Dans la voiture qui les ramenait à Majestic Hôtel, Elly sentait son cœur se fondre de reconnaissance pour cet inconnu qui l'avait sauvée au moment où, désemparée, elle allait douter de la vie ! de l'amour ! Cet être très beau, très cultivé s'était épris d'Elle, la petite créature incolore, d'Elle, désarmée de son luxe habituel.

Elle se blâmait de ne pas avoir serré la main de cet homme, elle se méprisait d'être encore la servante de ces préjugés étroits, qui classent les êtres, non selon leur mérite, mais selon leur fonction ou leur fortune.

Elle regarda Marion qui s'était endormie, la bouche rieuse, la figure illuminée par son triomphe.

— Que je voudrais avoir ce rayonnement en moi.

La voiture s'arrêta.

Le brave chauffeur voulut refuser le billet de cinquante francs qu'Elly lui offrait, mais elle lui dit gentiment :

— Ce n'est pas pour vous, c'est pour acheter quelque chose à vos enfants.

Et il accepta.

Quand, le lendemain, pendant le dîner, Madame Gordon-Hope dit à sa fille :

— N'oubliez pas, Elly, que nous sommes, ce soir, les hôtes de l'ambassadeur, Lord Dumprey, la jeune fille eut un haut le corps. Elle se souvint de la grosse femme de chambre française, qui l'avait si familièrement interpellée.

Elle pensa :

— Me reconnaîtra-t-elle ?

Puis, incapable de dominer sa pensée, elle resta repliée en elle, luttant contre les souvenirs qui l'assiégeaient. Ce valet de chambre prenait possession de son cerveau, piétinait sa volonté, et s'introduisait en maître.

— Non, je ne veux pas, je ne veux pas.

Et toute sa gracieuse silhouette se dressa en bataille.

En ce même moment son regard tomba sur Gennaro Apostoli.

— Ma mère, pensa-t-elle, n'a pas ma lâcheté. Que ne lui a-t-on pas dit sur l'infériorité sociale de ce charmant garçon, et cependant elle l'épousera, et elle aura cent fois raison. Gennaro est pauvre, c'est vrai, mais il est dix fois supérieur à la plupart des hommes que nous connaissons, tant par son esprit et par sa culture que par son âme loyale et généreuse.

Une légère ligne barra son front.

— Oui, mais cet homme, dont j'ignore même le nom, est...

— Qu'avez-vous, Elly ? demanda tendrement Madame Gordon-Hope. Votre visage s'est assombri, et vous semblez être la proie d'un méchant rêve.

À partir de ce moment la malheureuse enfant s'enveloppa d'une mystérieuse douleur, faite d'apitoiement sur elle-même. Une tristesse profonde envahit sa jeunesse. Elle pleurait le bonheur impossible, elle haïssait cet or qui pesait sur sa vie comme une tare.

Sa mère s'émut de l'état déprimant sous lequel succombait sa fille, et consulta les hommes de science.

— Il faut la marier, Madame. Cette nature très émotive a besoin d'un guide. La neurasthénie la guette…

Tous tenaient le même langage. Alors l'Américaine prit le parti de distraire cette enfant qu'elle aimait si tendrement. Elle donna des thés, des dîners, des bals auxquels le Tout-Paris fut convié.

Il n'était plus question, dans les salons les plus fermés, que de la milliardaire Elly, jeune fille à marier, un peu dédaigneuse, un peu sauvage, mais cependant sympathique. Les femmes la trouvaient plutôt laide ; les hommes s'accordaient à la trouver plutôt jolie ; le seul point sur lequel tout le monde fût d'accord, était la suprême élégance de la jeune fille !

Elly n'accepta de paraître à ces fêtes, qu'après avoir longuement discuté avec sa mère.

Un jour, cependant, la jeune fille lui déclara que le bal, donné le soir même, serait le dernier auquel elle prendrait part.

— Si vous avez de la tendresse pour moi, ma mère, n'insistez pas, je vous jure qu'il ne faut pas insister.

Ce bal devait être le grand bal de la saison. Elly, heureuse de se savoir enfin libérée était d'humeur presque joyeuse, et elle sembla, ce soir-là, vraiment séduisante.

Deux jeunes hommes causaient entre eux dans le fond du salon.

— Vraiment, tu ne connais pas la petite, milliardaire ? Il faut la connaître, mon cher moi je la trouve délicieuse.

— C'est elle, là-bas, au milieu de cette petite cour ?

— ?...

— Oui, cette grande jeune fille aux cheveux dorés et flous.

— Je ne vois que sa nuque.

— Viens que je te présente !

Et les deux hommes se dirigèrent vers Elly.

Elle était debout, douce et rieuse.

L'un des deux jeunes gens, le comte d'Hervais, s'inclina :

— Permettez-moi, mademoiselle, de vous présenter Monsieur Jacques de Touzan, notre plus...

Mais il n'acheva pas. Le visage de la jeune fille était devenu plus blanc que les perles de son collier, son éventail glissa de ses mains, elle voulut réagir, mais comme une tige brisée par le vent, elle plia, retenue par les bras du romancier, qui lui aussi, tremblait de tout son être.

Chacun s'empressa autour d'Elly, que Jacques de Touzan venait de déposer sur un des grands canapés.

— Mais qu'est-ce que tu as ? Que se passe-t-il ? demanda le comte à son ami.

— Ah ! une chose folle, invraisemblable, murmura Jacques, en passant la main sur son front... Je te dirai... je te dirai !... Comment va-t-elle ? demanda-t-il en se penchant vers la demoiselle de compagnie.

— Elle revient à elle tout doucettement, monsieur.

— Donnez-lui de l'air, je vous prie, mesdames, la voilà qui ouvre les yeux.

En effet, Elly entrouvrait ses paupières, elle se souleva : ses yeux semblaient ne rien voir : puis, sa figure prit une expression attentive. Elle réunit ses impressions, et soudain, secouant sa charmante tête elle se débarrassa de l'embrun qui obscurcissait encore son cerveau, et son regard fouilla la petite foule qui l'entourait. À quelques pas d'elle, Jacques fixait impitoyablement ce visage qui l'intriguait à tel point qu'il perdait conscience des choses, des lieux et des êtres.

La jeune Américaine rencontra ce regard, ses yeux se pailletèrent d'or et son visage devint lumineux. Un aimant irrésistible les tenait suspendus, sans haleine, presque sans vie, dans un halo d'amour qui leur cachait l'univers. Il y eut entre ces deux corps un choc d'indéfinissable joie, entre ces deux âmes une communion divine dont le viatique était l'amour.

Madame Gordon-Hope rompit le charme, elle accourait, affolée, au secours de sa fille. Gennaro l'accompagnait.

— Vous avez été souffrante, Elly, me dit-on : ne serait-il pas plus sage d'aller vous reposer ?

La jeune fille la regarda, étonnée. Ne voyait-elle donc pas le bonheur intense qui changeait sa vie en une minute. Elle répondit, souriante :

— Merci, mère, ne vous inquiétez pas, je vais mieux ; je vais même très bien, ajouta-t-elle en riant d'un rire heureux, enfantin.

Puis, se tournant vers le comte d'Hervais :

— Voulez-vous présenter votre ami à ma mère, mon cher comte ?

Le jeune diplomate obéit :

— Monsieur Jacques de Touzan.

— Ah ! monsieur, dit l'aimable femme, vous êtes l'hôte constant de notre foyer ; ma fille et moi sommes vos lectrices assidues.

Puis, fatiguée d'avoir tant parlé :

— Alors, Elly, puisque vous êtes tout à fait bien, je me dois à mes invités. Mademoiselle de Saulowa, veuillez rester près de ma fille.

Et, souriante, elle tendit la main à Jacques de Touzan.

— Nous serons très heureuses, Monsieur, de vous compter parmi nos amis. Mon cher comte… votre bras.

Puis elle se leva, prit le bras du comte d'Hervais, et disparut, suivie par Gennaro.

— Monsieur de Touzan, dit la voix un peu tremblante d'Elly, voulez-vous bavarder avec moi ?

Et elle lui fit signe de prendre place sur un petit pouf. La demoiselle de compagnie s'installa dans un fauteuil un peu éloigné.

Il y eut entre les deux jeunes gens un silence embarrassé.

Jacques parla le premier.

— Madame votre mère m'a beaucoup flatté en me disant…

— Ma mère vous a dit la vérité, monsieur, interrompit la jeune fille. Je lis et relis tous vos romans, dont quelques-uns me passionnent réellement, non seulement par l'intrigue, mais par la science psychologique profonde qui crée vos personnages.

Il la regardait, scrutant ce visage, se souvenant et s'énervant de ne pouvoir préciser. Le teint de la jeune fille s'empourpra sous cette insistante investigation. Elle excusait le romancier, sachant le pourquoi de cette insistance, mais elle ne put défendre de la révolte sa pudeur morale.

Jacques comprit, en voyant la rougeur envahir le front de cette enfant, ce que son attitude avait d'inconvenant.

— Excusez-moi, je vous en prie, dit-il franchement, je suis en ce moment la proie de la plus bizarre émotion.

— Expliquez-vous, balbutia-t-elle.

— Vous me le permettez ? Je puis tout vous dire ?

— Oui, oui.

Et son cœur battait à se rompre pendant qu'elle affectait une conversation mondaine.

— J'ai rencontré, il y a quelques semaines, une jeune fille de condition modeste, mais d'une grâce, d'une distinction tout à fait attachantes, et dont les traits étaient si semblables aux vôtres, mademoiselle, que je suis encore ému, bouleversé par cette ressemblance.

— Alors, elle n'est pas bien jolie ?

Et la voix de la jeune fille tremblait, en laissant entendre ces mots, et son regard angoissé implorait un démenti !

— Elle est mieux que jolie, elle est parfaite d'ensemble. Ses prunelles, comme les vôtres, se tachent d'or, l'ovale de son visage est très pur ; son sourire, comme le vôtre est un peu mélancolique. J'entends sa voix quand vous parlez.

— Mais vous l'aimez, monsieur ?

— J'en suis fou ! et je donnerais tout au monde pour la retrouver.

— Mais ne disiez-vous pas que sa condition est modeste ?

— Plus que modeste. Presque inférieure, mais son intellectualité est tout à fait originale, et ce qui est vraiment extraordinaire, c'est la culture de son esprit. Vous ai-je dit qu'elle est anglaise ?

— Ah ! ce n'est pas une française ?

— Non ! Et votre léger accent affirme encore cette ressemblance musicale de vos voix. Un seul point diffère : la couleur et la qualité de vos cheveux.

— Lesquels préférez-vous ? dit brusquement Elly.

Jacques la regarda, un peu surpris par cette question d'un goût douteux.

— Elle est coiffée d'ombre et vous de soleil, mademoiselle. L'ombre apaise, le soleil vivifie.

— Je vous ai fait une sotte question, je vous en exprime mon regret.

Elle lui tendit la main. Il se pencha sur cette petite main semblable à l'autre, et l'effleura de ses lèvres.

— Voulez-vous que nous soyons amis, Monsieur de Touzan, dit-elle de sa voix câline. Je vais faire l'impossible pour vous faire retrouver mon sosie aux cheveux bruns. Nous nous mettrons en campagne bientôt, voulez-vous ?

Puis elle se leva. Monsieur de Fleurus lui présentait sa fille. Jacques s'étant éloigné, alla rejoindre Henri d'Hervais et l'entraîna pour le mettre au courant de l'aventure troublante qui le bouleversait.

Elly se retira dans son appartement avant la fin du bal. Dominga l'attendait dans sa chambre, car la nourrice avait conservé la tendre habitude de donner le dernier bonsoir à l'enfant chéri.

— Ah ! quel bonheur, tu es là, nourrice, écoute.

Et, l'embrassant à l'étouffer :

— Je suis heureuse ! heureuse ! heureuse !

Puis elle se déshabilla vivement, ayant hâte d'être seule. Aussitôt Marion et Dominga sorties, elle poussa son verrou pour la première fois, craignant que sa mère ne vînt s'informer de sa santé. Le buste droit, dans son petit lit Louis XVI, les yeux grands ouverts sur l'avenir, elle rêvait.

— Jacques de Touzan, je puis donc penser à vous sans contrainte. Vous aimez le sosie d'Elly, et ce sosie c'est moi, oui, je suis aimée pour moi, et même pour moins que moi. Mais je veux vous amener à m'aimer avec ma chevelure de soleil, comme vous disiez ce soir. Je ne suis que très peu jalouse de l'autre, mais je veux que vous m'aimiez telle que je suis réellement.

Elly voulait faire durer ce mystérieux état le plus longtemps possible. Elle s'ingénia à trouver des combinaisons habiles. L'idée que Marion pourrait être vue et reconnue par lui la troubla.

Il lui vint la méchante pensée de renvoyer la jeune caméristé, mais elle se révolta contre l'impuissance humaine qui ne peut empêcher l'emprise des mauvaises pensées. On les chasse, elles reviennent, on les méprise, on les écrase, on trahit leur désir, elles sont amoindries, blessées, mourantes, elles se changent en regrets, en espoirs déçus et formulent leur agonie en phrases ambiguës.

— Peut-être aurais-je dû… Il y aurait un moyen sûrement !… il ne fallait pas faire cela, mais…

Pauvre petite Elly, à l'âme si loyale, elle commençait à peine l'existence, et elle se trouvait aux prises avec le plus puissant moteur de la vie : L'amour ! L'amour qui ennoblit ou souffle toutes choses. L'amour qui exacerbe la volonté ou la brise. L'amour qui détruit les facultés ou les centuple.

L'amour qui fait les martyrs et crée les bourreaux. Elle s'abandonnait à ce nouveau maître avec toute l'ardeur de ses vingt ans.

Elle s'enfonça profondément dans son lit.

— Bonsoir, Monsieur Jacques de Touzan. Venez avec moi, voulez-vous, nous allons chercher ensemble mon sosie.

Un petit rire étouffé, l'envoi d'un baiser à son rêve, et elle s'endormit.

IV

Elly s'éveilla le lendemain, très fâchée. Elle avait tant espéré continuer son rêve dans son sommeil. Elle ignorait, la pauvre, que les rêves sont aussi indépendants que fugaces, et qu'il n'est donné à personne de pouvoir les diriger ou les fixer. Au déjeuner, il ne fut question, bien entendu, que du bal si réussi et du choix des invités.

— C'est à Gennaro, dit l'aimable veuve, que nous devons le grand succès de cette fête. Et, de son sourire captivant, elle remercia le jeune homme.

— Ah ! dites-moi, mère chérie, puis-je, sans manquer aux convenances, inviter Monsieur de Touzan à m'accompagner ?

— Où voulez-vous aller, Elly ?

— Monsieur de Touzan, ma mère, – et elle rougit un peu en ébauchant son petit mensonge, – m'a promis de me montrer le Vieux Paris, et cela m'intéresse follement.

— Soit, Elly, mais prenez avec vous mademoiselle de Saulowa.

— Oh ! non, maman, je prendrai, si vous le permettez, Dominga, qui en sera très heureuse, tandis que mademoiselle est mortellement ennuyeuse.

Madame Gordon-Hope gronda doucement sa fille, pour ce méchant propos tenu devant le maître d'hôtel, qui servait. Elly s'excusa en remerciant sa mère, et le déjeuner terminé, elle feuilleta l'annuaire du téléphone, puis un instant après, pria Marion de demander Passy 34-08.

— Que faut-il dire, Mademoiselle ?

— Dis que j'attendrai demain à trois heures, monsieur Jacques de Touzan pour commencer nos recherches.

Quand le jeune écrivain reçut la communication téléphonique, un émoi mystérieux s'empara de tout son être. Rentré fort tard, après de longues dissertations avec le comte d'Hervais, il n'avait pu s'endormir, car chaque fois qu'il fermait les yeux, la blonde américaine et la brune petite servante lui apparaissaient tour à tour dans un rêve d'une seconde au milieu des plus stupides péripéties. Énervé, il se leva pour chasser ces fantômes, tantôt charmants, d'autres fois ridicules.

— Cette petite Américaine est délicieuse, pensait-il, et c'est vraiment gentil sa proposition de m'aider à retrouver ma jeune amie d'une heure… Quelle ressemblance ! C'est fabuleux. Cependant, les traits de Mademoiselle Gordon-Hope sont plus flous, moins écrits que ceux de mon inconnue, mais elle a cette chevelure lumineuse si rare et que nos jolies mondaines parisiennes essaient en vain d'obtenir. Et ces cheveux impertinents par leur éclat révèlent le visage charmant qui, sans eux resterait inaperçu.

Jacques resta enfermé chez lui et déjeuna tout seul.

— Irai-je remettre ma carte aujourd'hui à madame Gordon-Hope ? Non, c'est un peu vite, mais comment faire pour revoir cette jeune fille ? Comment fera-t-elle pour mettre à exécution son projet de recherche à nous deux ? Cela me paraît assez difficile. Je prêterais peut-être à de bien sottes remarques... Enfin, si j'allais aimer cette jeune fille ! Ah ! non, ce serait humiliant d'aimer une fille riche. D'abord, elle ne pense guère à moi.

Alors, mille petits gnomes murmurèrent à son oreille :

— Elle t'aime, oui, elle t'aime déjà ! Elle pense à toi depuis hier, elle ne pense même qu'à toi.

Comme il repoussait avec ironie cette sarabande de pensées, la sonnerie du téléphone le fit sursauter et il eut l'impression que quelque chose d'imprévu allait se greffer sur sa vie.

Marion s'acquitta admirablement de la commission qui lui avait été confiée. Elly tenait le second récepteur. Elle devina l'émotion du jeune homme dont la voix s'était subitement assourdie.

— Je vous demande pardon, disait cette voix, je vous demande pardon, mademoiselle ou madame, mais je crains d'avoir mal compris. Vous plaît-il répéter...

Et Marion recommença toute sa phrase qu'elle avait travaillée et fort bien retenue. Alors, d'une voix joyeuse, presque claironnante, Jacques s'écria :

— Merci, Mademoiselle, je serai demain à trois heures, à Majestic Hôtel.

Et le lendemain, le romancier se trouvait avenue Kléber, à deux heures et demie. Ce n'est qu'en regardant sa montre au moment de rentrer dans l'hôtel, qu'il se rendit compte de son bizarre état mental. Était-il en avance pour revoir plus tôt la blonde jeune fille, ou pour commencer plus vite ses courses à la recherche de la brune enfant ?

Il se heurta au dédale de ses pensées, tel un homme perdu dans un labyrinthe inconnu. Il arpenta l'avenue Kléber, sans regarder, sans voir. Il buta contre un enfant roulant sur sa patinette et qu'il faillit renverser, et comme il fouettait du bout de son léger stick les feuilles tombées des arbres, un chien, énervé, se jeta sur lui et empoigna sa main dans sa forte mâchoire.

Mais un :

— Ici Frida, claironné d'une voix fraîche et autoritaire, fit lâcher prise à la chienne qui, voyant accourir sa jeune maîtresse, se mit à plat ventre couchant ses oreilles.

— Elle ne vous a pas mordu, monsieur ? dit la jolie propriétaire du chien.

Il montra sa main dont le gant était à peine déchiré.

— Non, madame, et j'avoue même que je remercie Frida, puisqu'elle me donne l'occasion de vous saluer.

L'adorable petite parisienne tendit sa main gantée, disant :

— Merci, Monsieur de Touzan, adieu.

Il la vit au loin marchant souple, rapide, suivie de la superbe obermann, Frida.

La délicieuse vision avait remis d'aplomb son esprit en déroute. Il pénétra dans Majestic Hôtel, et fut immédiatement annoncé. Benoît vint audevant de lui et l'introduisit dans le boudoir d'Elly.

Mademoiselle de Saulowa travaillait sur un joli métier à dentelle. Elle fit asseoir le romancier et lui tint compagnie.

— Cet hôtel est vraiment meublé avec un goût parfait, dit-il pour soutenir une conversation hésitante.

— Je ne comprends pas, dit mademoiselle de Saulowa, que possédant une fortune aussi considérable, Madame Gordon-Hope ne préfère pas être chez elle.

— Les Américaines sont partout chez elles, mademoiselle et en habitant l'hôtel, elles évitent mille tourments menus, mais très accaparants, qui nous volent la moitié de notre vie.

Ils devisèrent assez longtemps et Jacques, impatient, jetait sans cesse un rapide coup d'œil vers la pendule.

— Que peut-elle faire en ce moment ? pensait-il.

Ce qu'elle faisait était bien simple. Elle prenait toutes les précautions possibles pour que l'aventure dont elle était le conscient facteur ne tournât pas à sa déconvenue. Elle se trouvait, grâce à sa première équipée au bal Bonvallet, tenir le fil d'un écheveau qui pouvait terriblement s'embrouiller et s'ingéniait à chercher mille bonnes raisons pour laisser Jacques dans l'ignorance.

— Cet imbroglio va éclairer ma vie si monotone et je vais vivre mon roman.

Elle jeta sa cigarette. Marion préparait la toilette qu'elle allait mettre pour sortir avec l'écrivain :

— Laissez tout cela, lui dit-elle, écoutez-moi, Marion.

— Voilà, mademoiselle, j'écoute, dit la jeune servante en se plaçant debout devant Elly.

— Vous vous souvenez du jeune homme qui resta si longtemps à causer avec moi au bal des gens de maison ?

— Oui, mademoiselle, dit Marion rieuse, je crois même qu'il faisait la cour à mon amie.

— Eh bien ! ce jeune homme qui se disait être le valet de chambre de Monsieur de Touzan, n'est autre que monsieur de Touzan lui-même.

— Ah ! l'auteur de l'*Amour est sans vergogne* et du *Cœur est sans raison,* ces beaux romans qui m'ont tant fait pleurer ?

— Vous les avez lus, Marion ?

— J'ai lu tous les livres que lit Mademoiselle, même Schopenhauer, Montaigne, Boileau. Oh ! ceux-là, je les ouvre pour voir un peu, mais je les referme vite.

— Eh bien, Marion, l'auteur des livres qui vous font pleurer m'a été présenté avant-hier au bal, c'est cette présentation qui a causé mon malaise.

De son côté Monsieur de Touzan a été frappé de ma ressemblance avec votre amie de chez Bonvallet.

— Ah ! je crois bien, exclama la caméristе en riant de son beau rire ; on le serait à moins.

— Il va venir tout à l'heure, il viendra souvent sans doute… (Et les joues d'Elly devinrent roses), il ne faut pas qu'il vous rencontre, car il vous reconnaîtrait.

— Oh ! il m'a à peine vue.

— Vous êtes jolie, Marion, très jolie même et les hommes n'oublient pas un joli visage. Jacques de Touzan n'a aucun soupçon, mais s'il vous voyait, s'il apprenait que vous êtes à mon service, le doute ne lui serait plus permis.

— C'est vrai, mademoiselle ; mais alors, qu'est-ce que je dois faire ?

— Je vous préviendrai chaque fois qu'il y aura danger, et vous resterez dans votre chambre.

— Et si par hasard il venait un jour sans prévenir Mademoiselle, soit pour remettre une lettre, des fleurs, ou pour un motif quelconque ?

Elly resta un instant perplexe.

— Eh bien, Marion, vous êtes intelligente, vous êtes ma complice, vous avez de l'amitié pour moi, je crois…

Marion baisa vivement la main de la jeune fille, qui ajouta :

— Vous ferez pour le mieux, j'en suis sûre.

Maintenant, habillez-moi vite. Il est trois heures moins cinq, et voilà vingt minutes que Monsieur de Touzan est là !

Une robe bleu nattier, un manteau de chinchilla, une toque de même fourrure, des bas et des souliers gris, emprisonnant des pieds ravissants, petits, étroits et cambrés ; telle fut la toilette de la charmante américaine.

Ainsi vêtue, Elly semblait être une de ces petites parisiennes, qui provoquent sur leur passage des remarques admiratives.

Les jeunes filles étaient animées et joyeuses.

— Je vais me cacher, dit la servante, prête à sortir.

— Non, restez ici, et ne sortez que lorsque vous nous aurez vus tourner le coin de la rue et prendre l'avenue Kléber.

— Ah ! que c'est amusant, dit la belle fille… on dirait un roman d'Henri Cain.

Elly se rendit vers son boudoir, légère, heureuse, très amusée aussi, mais un peu émue.

Jacques, devenu de plus en plus nerveux par cette attente de vingt-cinq minutes, avait laissé tomber la conversation. Il s'était levé et resta stupéfait en voyant dans la glace l'adorable silhouette de la jeune fille. Il se crut le jouet de son imagination, car il tournait le dos à la porte par laquelle venait d'entrer Elly.

Il se retourna vivement.

— Je lui ressemble toujours ? demanda la voix musicale d'Elly.

— Aujourd'hui, vous êtes plus jolie qu'elle, répondit le jeune homme.

— Peut-être serait-elle aussi jolie, comme vous dites, si elle avait cette même parure.

— Peut-être, reprit-il un peu assombri, car il se surprenait en défaillance d'amour pour sa petite amie.

Avec l'intuition d'une femme aimante, Elly devina ce qui se passait dans le cœur du jeune homme.

— Allons ! en route, Monsieur de Touzan. Nous commençons notre campagne.

Puis, se ravisant :

— Ah ! permettez !...

Elle sonna.

— Voulez-vous dire à ma mère que Monsieur de Touzan est là.

Quelques minutes après, Madame Gordon-Hope entrait.

— Je suis si heureuse, monsieur, de vous renouveler mes compliments. Ma fille m'a appris à aimer vos livres. Elle me consacre chaque jour une heure de lecture et c'est ainsi que je me suis passionnée pour vos beaux et éducatifs romans. Votre plus beau livre, à mon avis, est : *L'autre moitié de la Vie.*

Jacques ne put s'empêcher de sourire. Ce roman était une étude indulgente et approfondie d'une femme qui a passé la quarantaine et recommence une autre vie d'amour. Il regarda Madame Gordon-Hope. Elle était toujours jolie. Elle avait un léger embonpoint qui n'avait rien de disgracieux. Enfin, il lui était permis d'aimer encore.

Gennaro entra.

— Je vous présente mon secrétaire et ami, Monsieur Gennaro Apostoli, qui part pour réclamer à Rome ses titres de noblesse. Monsieur Jacques de Touzan, dit-elle à l'italien, qui complimenta à son tour l'écrivain, avec beaucoup de tact et de goût. Il exaltait de sa voix légèrement nasillarde, l'apologie de la littérature française.

Le romancier pénétra facilement l'âme de ces deux êtres.

Madame Gordon-Hope ne savait ni ne voulait dissimuler. Elle était, par conséquent, sans défense.

Quant à Gennaro, il se laissait pénétrer volontairement.

Le romancier se prit de suite de grande sympathie pour le joli garçon si merveilleusement cultivé.

V

Restés seuls, Jacques demanda :

— Où irons-nous ?

— Tout droit devant nous, répondit Elly, et nous entrerons dans le premier cinéma que nous rencontrerons.

— Pourquoi ?

— Comment, pourquoi ? Mais, parce que les cinémas attirent toutes les petites bonnes, toutes les midinettes, enfin les jeunes filles de toutes les classes.

— C'est très vrai ! Comment n'avais-je pas pensé à cela ?

— Vous êtes trop grand psychologue pour de si futiles remarques, dit-elle en riant.

— Quelle joie d'aller dans les cinémas, dit, Dominga qui avait été prévenue. J'adore les cinémas.

Ils marchaient tous trois du joli pas leste et pressé des américains. Ils entrèrent dans le cinéma de l'avenue Kléber. Elly feignit de chercher parmi la foule assemblée, lui, la regardait, sa petite tête se détachait en lumière dans l'ombre de la salle.

Elle frappa doucement de ses doigts menus sur la main de Jacques.

— Voyez, là, au deuxième rang de l'orchestre, il me semble que cette jeune fille aux cheveux bruns me ressemble beaucoup.

Il regarda et répondit de méchante humeur :

— Vous vous calomniez ainsi que votre sosie, et puis, elle ne viendrait pas en cheveux.

— Oh ! une petite bonne !

Elle avait pris un petit ton méprisant qui blessa Jacques.

— Mademoiselle Gordon-Hope, je vous prie de ne pas mépriser votre sosie, sinon nous ne resterons pas amis.

La jeune fille lui sut un gré infini de cette boutade, mais elle ne répliqua mot de crainte de se trahir.

Une demi-heure après, elle dit tout bas à Jacques.

— Si nous partions ! Nous avons fouillé la salle. Elle n'y est pas. Nous entrerons dans une autre…

— Ah ! non, c'est assez d'un cinéma.

— Cependant si vous voulez trouver votre petite passion…

— Oh ! il n'est pas dit que c'est là que nous la trouverons.

— Le contraire n'est pas dit non plus. En tout cas, c'est une porte ouverte sur tous les espoirs.

— Allons, dit-il boudeur.

Elle fouilla la seconde salle comme la première, dès que la lumière reparut. Et lui, de son côté, braquait sa lorgnette sur toutes les spectatrices des deuxième et troisième places. On représentait un film stupide et immoral. Jacques furieux murmura :

— C'est vraiment trop bête et trop sale. Partons ! Partons !

Dominga qui prenait un plaisir fou à toutes les aventures de film, voulut rester, ce qui ravit d'aise Jacques. Et ils sortirent, laissant la brave Italienne à son admiration.

— Vous n'aimez pas les cinémas, Monsieur de Touzan ?

— Non, parce que c'est l'école du vol et du crime pour tous les petits chenapans qui sont à la recherche de coups à faire. C'est là qu'ils apprennent le « hands up » et le charbonnage de la face. De tels spectacles ne devraient pas être tolérés.

— Alors, vous ne croyez pas à l'avenir des cinémas ?

— Je crois qu'ils pourraient être l'école d'une culture aisée et vulgariser toutes les sciences et tous les progrès. Mais les directeurs de ces établissements sont comme les Allemands qui se sont servi des plus belles inventions pour le crime et la mort. Mais oublions cette salle sombre aux sombres spectacles, et profitons de ce radieux soleil.

— Moi aussi, Monsieur de Touzan, j'aime le soleil, l'air, la nature. Mais n'ai-je pas fait un pacte avec vous ? Je vous veux comme débiteur !

— Comment cela ?

— Vous me devrez votre bonheur !

— Moi, je trouve qu'il sera très suffisant de visiter les cinémas les jours de pluie.

— Vous êtes déjà moins pressé.

— Je suis déjà très heureux. Je vous dois le charme infini de sa compagnie, puisque par votre exquise présence vous me parlez et je l'entends. Et cependant j'éprouve une émotion inexplicable en pensant que vous êtes bien vous et que votre présence suffit pour abreuver mon rêve.

Elly sentait son cœur bondir de joie.

— Voulez-vous que nous allions prendre le thé chez Récamier ? demanda-t-elle.

— Allons !

La salle de la rue du Mont-Thabor était pleine de monde. Les petites tables serrées les unes près des autres, permettaient une promiscuité un peu gênante. Des femmes du monde, des jeunes filles, des artistes, des cocottes, des enfants, tout cela entrait, potinait, sortait, se renouvelait sans cesse.

Jacques regarda.

— Il y a bien du monde, si nous allions ailleurs ?

Mais il se retourna. Une main avait frappé son épaule.

— Tiens, je te cède ma table, dit le comte d'Hervais, après avoir salué Elly.

— Mais non, restez avec nous, monsieur, cela sera tout à fait charmant.

— Avec plaisir, mademoiselle, permettez-moi de prendre congé de mes amis.

Jacques le vit alors serrer la main d'un conseiller d'ambassade qui chaperonnait une jeune et jolie artiste, laquelle passait pour être la protégée du comte d'Hervais.

La table étant libre, ils prirent place tous les trois.

Le comte d'Hervais qui était le plus intime ami de Jacques et son confident, étudia la jeune fille. Il la trouva charmante et d'une érudition simple et captivante.

Les deux hommes étaient très répandus dans le Paris mondain, mais la jeune fille était inconnue.

— C'est une cocotte étrangère, disait une grosse artiste en rupture de rôle.

— Jamais de la vie ! répondit le vieil abonné du Théâtre Français qui l'accompagnait. C'est une jeune fille du monde.

Trois petites personnes élevées à l'américaine, papotaient tout bas.

— Elle est gentille !

— Elle a du chic !

— Elle doit être américaine.

Un jeune homme était entré, un de ces jeunes mondains, rejetons affaiblis d'une race décadente. Il était petit, maigre, et avait les gestes courts, la parole embarrassée par un léger bégaiement. Il fut reçu bruyamment par la moitié des assistants.

— Par ici, mon petit marquis ; venez, voici une place entre nous deux, dit une jeune femme hardie. Nous comptons sur vous pour nous renseigner.

Et le jeune homme, poli, affairé, saluait à droite, à gauche, de son air niais, mais sympathique. Une belle jeune fille s'était détachée d'un groupe à droite. Elle tendit la main au nouveau-venu.

— Merci pour vos vers ; ils sont charmants !

Le marquis s'était levé, embarrassé, remerciant par de nombreuses inclinations de son corps ridicule.

On voisinait facilement de table à table.

Une jeune comédienne se pencha en arrière, au risque de renverser sa chaise.

— Eh ! mon petit marquis, mettez nous au courant. Quelle est cette demoiselle qui est avec Jacques de Touzan ?

L'affligeant poète dut se pencher pour mieux voir.

— C'est la petite milliardaire Elly Gordon-Hope, bégaya-t-il tout bas.

— Mais elle est charmante, dit la jeune comédienne.

— Un peu terne, riposta la femme hardie.

— Elle a du chic, dit une demoiselle de chez Poiret.

— Il se met bien, Jacques de Touzan, murmura un peintre sans talent.

Et les remarques sympathiques ou agressives s'entrechoquaient. Elly ne se doutait pas qu'elle servait de cible à tout ce petit monde, mais Jacques, habitué à ces réunions cosmopolites, s'énervait.

— Ne trouvez-vous pas que nous sommes restés assez longtemps en cet endroit ?

— Vous avez l'air fâché, Monsieur de Touzan ?

— Je suis agacé par le bavardage de ces êtres futiles.

— Eh bien, partons !

Et, légère, elle se faufila vivement entre les tables, avec une aisance pleine de grâce, s'excusant avec tant de charme, que toutes les sympathies allèrent vers elle.

Une fois dehors, le comte d'Hervais prit congé des jeunes gens.

— Où allons-nous ? demanda Jacques anxieux, car il craignait que l'Américaine ne renonçât à continuer leur promenade.

— J'ai une idée, s'écria Elly.

— Voyons, fit Jacques amusé.

— Avez-vous pensé, monsieur mon ami, que votre petite anglaise qui, d'après ce que vous m'avez dit, me semble plus éduquée que ne l'est en général la classe à laquelle elle doit appartenir, avez-vous pensé qu'elle est peut-être entrée comme employée dans un magasin ?

De Touzan regarda sa compagne, un peu surpris, non de ce qu'elle lui disait, mais de ce qu'il n'y avait pas songé lui-même.

— C'est possible, murmura-t-il ! mais alors ?...

— Eh bien, nous ferons ensemble tous les grands magasins, et après, tous les petits.

Jacques eut un sursaut de recul.

— Oh ! mais, il nous faudra des années.

— Qu'est-ce que cela fait ! dit gentiment Elly. N'êtes-vous pas heureux de chercher, avec une amie qui ne vous déplait pas, une petite princesse lointaine pour laquelle vous mourez d'amour ?

— Premièrement, elle n'est pas princesse, loin de là, la pauvrette ; secondement, je tiens à prolonger mon agonie, trouvant un charme infini à cette nouvelle phase de mon amour.

— Alors vous refusez nos promenades dans les magasins ?

— Mais pas du tout ! Je désire seulement que nous prenions notre temps.

— Vous aviez peur que cela ne durât des années.

— Ah ! que vous voilà ergoteuse, joli Sosie... Au fait, si je vous nommais ainsi ?

— Comment dites-vous ?

— « Joli Sosie ».

— Oui, c'est gentil, mais... jolie me trouble, je sais que je ne suis pas jolie.

— Vous ne pouvez être juge, mademoiselle !

Puis il ajouta :

— Ah ! que c'est lourd ce « Mademoiselle », ne trouvez-vous pas ?

— Si, je trouve, comme vous… Mais, miss Elly !?…

— Oh ! non ! pas miss. Cela me fait penser à Miss Dinah, la glaciale femme de chambre de votre mère.

Elle éclata de rire.

— Oui, vous avez raison.

— Permettez-vous « Joli Sosie » ?

— Comme vous voudrez.

Ils avaient marché bon pas, et étaient arrivés sans y prendre garde, rue Duphot.

— Ah ! voilà notre affaire !

Et Elly battit des mains.

— Voici les Trois-Quartiers. Quel séduisant magasin, n'est-ce pas ? Entrons.

Jacques s'amusait beaucoup. Décidément son aventure prenait une originale tournure.

La jeune fille s'était arrêtée devant la ravissante devanture.

— Oh ! le joli paravent !… Et ce petit bonheur du jour !

Ils entrèrent. Elly fit de suite mettre de côté les objets qu'elle avait remarqués du dehors ; puis elle dit en anglais à l'écrivain :

— Regardez les demoiselles, pendant que je choisis des rubans.

Ils allèrent ainsi de rayon en rayon.

Elle acheta un peu de tout. Après avoir piétiné deux heures, Jacques, épuisé de fatigue, demanda grâce. Une femme peut rester quatre, cinq heures dans un magasin, elle va, vient, retourne, palpe, regarde de tout près, éloigne les objets, les remet, les reprend et s'en va, furetant, tel un commissaire-priseur, et elle n'est pas fatiguée ! La jeune Américaine était sur ce point aussi délicieusement flânante que nos plus jolies parisiennes. Elle avait fait emplette de choses inutiles pour trente-cinq mille trois cents francs, plus la taxe. Jacques eut, malgré lui, un léger mécontentement. Elle était donc si futile, elle aussi ! Cet argent eût soulagé tant de misères. La jeune fille était un être délicatement intuitif. Elle comprit qu'elle était blâmée par son nouvel ami et lui en demanda le pourquoi.

— Je vous dirai cela chez vous, « Joli Sosie ».

Et ils ne se parlèrent plus jusqu'à leur arrivée à Majestic Hôtel. Elle avait donné l'ordre qu'on lui apportât immédiatement en voiture spéciale tous les objets choisis, afin qu'elle pût les trouver à son arrivée ; et elle éprouva grande joie en voyant que le livreur l'attendait. Jacques voulut se retirer.

— Oh ! dit-elle gentiment, vous me devez la raison de votre méchante humeur. Nous allons d'abord distribuer tout cela, et après vous me direz !

Elle avait retiré sa toque, et aidée de Dominga, qui était rentrée depuis une heure, elle déficela les paquets.

Un manteau de drap brun, tout fourré à l'intérieur de petit gris, fut sorti d'un grand carton.

— Oh ! que ce manteau est zoli, mademoiselle.

— Eh bien ! dit Elly en riant, il est pour Dominga Torelli.

La vieille nourrice faillit tomber en pâmoison, et elle marmonna en italien, avec une volubilité foudroyante un acte de reconnaissance à Dieu pour qu'il protège la jeune fille.

Dinah fut appelée, et reçut avec une correction protocolaire les dons qui lui furent faits.

La femme de chambre de l'hôtel et la housekeeper eurent aussi des cadeaux. Enfin, un énorme paquet était destiné à Marion.

— Quel dommage qu'elle soit sortie ! dit Dominga, qui tenait sur son bras son magnifique manteau. Ah ! la voilà ! peut-être !

Et avant qu'Elly ait eu le temps de s'y opposer, Dominga ouvrit la porte au moment où l'ascenseur s'arrêtait.

— Venez, Marion, venez vite !

La jeune servante, interpellée ainsi, se précipita dans l'appartement, ne sachant si cet appel était joie ou terreur. Elle resta figée en voyant Jacques de Touzan qui, très heureusement à ce moment, essayait d'ouvrir un des petits tiroirs du « bonheur du jour ». Marion ne perdit pas la tête. Elle enveloppa vivement son visage du voile mordoré qui ornait son chapeau.

— Mademoiselle a besoin de moi ?

Elly respira.

— Voilà pour vous, Marion. Mais je sais que vous êtes très pressée. Emportez ! Emportez ! vous me remercierez plus tard.

La belle camériste, émue jusqu'aux larmes, de la bonté de sa jeune maîtresse, lui baisa les mains, tournant le dos à Jacques qui, cependant, entrevit son visage voilé.

— Où diable ai-je vu cette fille-là ? pensa-t-il.

Tout le monde avait disparu, emportant les paquets ; il ne restait plus que le petit bonheur du jour qu'Elly avait choisi pour sa mère et un tout petit paravent chinois pour elle-même.

— Et maintenant, dites à « Joli Sosie » ce que vous avez contre elle.

Mais les sentiments du jeune romancier avaient évolué en voyant que sa délicieuse amie n'avait songé qu'au plaisir qu'elle allait procurer autour d'elle. N'était-ce pas aussi charitable que d'avoir soulagé des misères ? Le soleil distributeur de joies, de lumière, de santé, ne laisse-t-il tomber ses rayons que sur les masures, les loques et les plaies. Et Jacques se sentait honteux.

Elly attendait qu'il parlât.

— Je vous demande pardon, « Joli Sosie », je vous ai méconnue un instant, jugée futile et dépensière pour le plaisir d'épater.

Les joues de l'Américaine s'empourprèrent et les larmes lui vinrent aux yeux, mais elle ne répondit pas. Jacques fut bouleversé par la douleur qu'il vit dans ces jolis yeux dorés. Il s'approcha d'Elly et, lui prenant la main, lui dit d'une voix altérée.

— Il faut me pardonner ma mauvaise pensée, et le chagrin que j'en ai doit être un châtiment suffisant, ne croyez-vous pas ?

Elle secoua sa fine tête et sourit tendrement au jeune homme en lui tendant sa main. Ils restèrent ainsi quelques moments sans parler, infiniment heureux, car ils se sentaient dignes l'un de l'autre.

Dominga vint prévenir Elly que sa mère était rentrée et désirait lui parler.

— Je vous verrai demain, Monsieur de Touzan, dit-elle en serrant doucement la main de Jacques.

— Oui, il me semble que je ne pourrai plus passer un jour sans vous voir.

Elly se dirigea vers l'appartement de sa mère et disparut.

Jacques de Touzan resta un instant pensif :

— Laquelle des deux ?

Et son regard suivit le trajet que venait de faire « Joli Sosie ». Puis il sortit lentement. Il allait prendre l'ascenseur, quand il fut bousculé par Marion qui en sortait. Il eut un mouvement de recul et d'étonnement. Où avait-il vu cette belle fille ? Et il s'enfonçait dans des recherches vagues alors qu'il lui eût été si facile de se renseigner près du garçon de l'ascenseur ; mais malheureusement ou très heureusement, les cerveaux les plus logiques, les plus pondérés ont des vides subits. On se rend compte de cette vérité quand on lit dans un journal certains crimes qui paraissent échafaudés par une intelligence subtile et qui se découvrent par le plus invraisemblable oubli du détail le plus simple, lequel devient une preuve accablante.

Le romancier, énervé de fouiller inutilement ses souvenirs, haussa les épaules et quitta l'hôtel.

En chemin, il rencontra le comte d'Hervais. Ils firent route ensemble et Jacques se sentit heureux de pouvoir parler d'Elly.

— En fin de compte, de laquelle es-tu réellement amoureux ?

— Tu ne me croiras pas si je te dis que je n'en sais rien. Le souvenir de l'humble petite jeune fille en gris semble s'estomper de plus en plus ; je ne la retrouve vraiment qu'en regardant Elly Gordon-Hope.

D'Hervais s'arrêta un instant.

— Elle est vraiment charmante cette jeune Américaine. Elle est surtout très personnelle et mérite un mari qui la comprenne. Pourquoi ne l'épouses-tu pas ?

Jacques de Touzan rougit légèrement. Cette pensée lui était venue, mais la fortune de la jeune fille l'effrayait.

— Non, non, elle est trop riche.

— Mais toi, tu gagnes ta vie royalement ; tu n'es pas un coureur de dot, tout le monde le sait.

— Oh ! ce n'est pas l'opinion qui m'effraie, ce sont mes propres pensées.

— Comment ?

— Oui, quand je me trouve en face de ces fortunes monstrueuses, je me sens frissonner. Sur combien de désespoirs se sont-elles échafaudées ? Combien de victimes sont étouffées sous le poids de cet or amoncelé ? Oui, je sais que les Gordon-Hope avaient une aciérie formidable, laquelle fabriquait des canons.

— Eh bien, tu avoueras que c'est utile, la fabrication des canons ! Je sais que tu as des opinions socialistes, mais je te crois quand même trop impartial pour penser que les fabricants de canons sont responsables de l'acharnement des peuples à se détruire. Et puis enfin, permets-moi de te dire que si la petite Gordon-Hope t'aime réellement, elle lâchera sa fortune sur ta demande.

— Oui, elle le ferait, je le crois. Mais ai-je le droit de l'empêcher de faire tout le bien que je sais qu'elle fait ?

— Ah ! écoute, s'écria le comte d'Hervais, ton cerveau n'est pas en forme. Il faut te reprendre. L'indécision est le plus pitoyable facteur d'une cervelle humaine. Un homme indécis est plus à craindre qu'un assassin !

— Oh ! pardon !

— Vérité ! Tiens ! pense à Louis XVI. C'était un imbécile ? Non, c'était un esprit très fin, un très brave homme, mais un indécis, et la France doit à son régime la révolution la plus féconde en cruautés.

— Mais tu oublies que Napoléon est le fils de cette révolution.

— Et c'est pourquoi il a ensanglanté le monde entier. Mais nous lui devons le pardon des crimes dont il fut inconscient en faveur des victoires enfantées par son génie. Crois-moi, Jacques, redeviens l'homme que j'ai connu, ardent, volontaire, absolu.

Pendant que les amis continuaient leur route, discutant, Madame Gordon-Hope avait, avec sa fille, une assez singulière conversation.

— Voyez-vous, disait-elle à Elly, je me sens trop seule pour vous chaperonner d'une façon efficace. Je sais très bien que l'on me blâme pour la liberté que je vous laisse. J'ai peur que nous ne devenions la proie des médisances. Que diriez-vous si je confiais à quelqu'un le soin de nous défendre ?

— En vous mariant ? dit délicatement la jeune fille.

Madame Gordon-Hope reprit, un peu confuse.

— Que penseriez-vous de ce projet ?

— Je pense que votre futur mari est un charmant homme qui, je crois, vous rendra très heureuse.

— Mon Dieu, Elly, comment savez-vous ?

Un rire juvénile répondit à cette demande.

— Mais tout le monde sait que Gennaro Apostoli va chercher à Rome les papiers qui prouvent sa noble naissance, et qu'il compte mettre sa personne et son titre aux pieds de la belle Madame Gordon-Hope.

Et la jeune fille s'agenouilla devant sa mère.

— Je vous veux très heureuse, ma chère maman, vous si jeune et si belle, et je crois très sincèrement que cette union vous donnera le bonheur.

La belle veuve, émue, embrassa tendrement Elly, qui continua :

— Quant à moi, je vous demande la permission d'élaborer moi-même ma vie. Je ne ferai rien sans votre assentiment, croyez-le bien. L'avenir est voilé pour tous, nul ne peut le choisir ; mais on a le droit d'en accepter d'avance toutes les responsabilités, quelles qu'elles soient !

Gennaro demanda à être reçu.

Madame Gordon-Hope lui fit part de ce qu'avait dit sa fille. Il s'inclina, rougissant, sur la main que lui tendait Elly.

— Nous partons après demain, dès la première heure. Je voudrais que vous me donniez votre journée de demain, Elly.

— Bien, ma chère maman. Je ne vous quitterai pas d'une heure.

— Ah ! c'est trop, dit en riant l'aimable femme, je désire faire avec vous quelques emplettes de cinq à sept. Nous déjeunerons et dînerons ensemble. Je vous laisse donc de deux à cinq pour votre flirt.

La jeune fille s'émut de ce mot qu'elle trouvait léger pour l'être et le sentiment qu'il représentait. Mais elle n'en laissa rien paraître.

Une modiste fut annoncée.

— Ah ! enfin ! exclama Madame Gordon-Hope.

Puis elle ajouta avec douceur :

— Vous êtes bien en retard, mademoiselle.

La jeune employée s'excusa : il avait fallu teindre les plumes, on avait recommencé deux fois la capote rose, on avait dû changer les pensées du chapeau mauve, etc., etc…

— Excuses de françaises, répliqua sèchement Dinah.

La vendeuse, qui était plongée dans un immense carton, releva vivement la tête.

— Vous devriez imiter votre maîtresse, qui est courtoise et polie, vieille pomme de reinette.

Dinah, jaunie subitement, allait répondre, mais sur un signe que lui fit sa maîtresse, elle sortit lente et rêche.

Madame Gordon-Hope essaya tous les chapeaux ; elle en prit treize, et comme la petite modiste insistait pour lui faire prendre une ravissante capote bleue garnie d'anémones nuancées :

— Mais non, mademoiselle, c'est joli pour une jeune fille comme vous, mais pas pour moi.

Et voyant la mine attristée de la jeune vendeuse :

— Voyons, essayez-la, que je juge.

Elle prit son face-à-main, regarda la jolie personne qui s'était coiffée de la capote.

— Eh bien, mademoiselle, ce chapeau est tout à fait joli et vous coiffe à ravir. Permettez-moi de vous l'offrir.

— Mais il est très cher.

— Je vous prie de l'accepter, et je vous remercie pour tout le mal que vous avez eu à cause de moi.

Et elle disparut.

Mademoiselle de Saulowa, restée seule avec la jeune vendeuse, un peu étourdie, paya la note qui se montait à trois mille huit cents francs.

— Qu'elle est bonne, Madame Gordon !

Et comme Dinah rentrait pour emporter les cartons chez sa maîtresse :

— Voyez, vieille reinette, on m'a fait un beau cadeau.

Et, ravie, la jolie midinette sortit emportant son chapeau.

Au dîner il ne fut question que du départ pour l'Italie. Deux, trois itinéraires différents furent apportés.

L'un passait par Modane ; il fallait traverser le Jura ; l'autre conduisait à Vintimille par Nice et la Côte d'Azur ; le troisième, qui fut adopté, traversait le Simplon.

— Alors vous vous arrêterez à Domodossola, où je suis née, exclama Dominga, dont le visage rayonnait.

— Eh oui ! si vous avez encore de la famille là-bas, confiez-moi un message.

La brune figure de l'italienne prit une délicieuse expression de reconnaissance.

Elle joignit les mains et débita d'un seul trait, en italien une longue, emphatique, mais vibrante et joyeuse phrase. Il y a tant de soleil dans cette admirable langue.

Les Américaines apprirent ainsi que la nourrice avait une belle-sœur restée veuve avec huit enfants, et que tout son gain, à elle, depuis nombre d'années, était envoyé à Domodossola. Elly se souvint d'avoir plusieurs fois cru à l'avarice de l'Italienne et lui avoir fait à ce propos plusieurs remarques un peu ironiques, et son cœur charmant se gonfla d'émotion.

Madame Gordon-Hope, moins intellectuelle que sa fille, se blâma de n'avoir rien deviné depuis vingt-deux ans que cette brave femme était près d'elle.

Et toutes deux se promirent mentalement de réparer les torts qu'elles se reprochaient.

Après avoir souhaité le bonsoir à sa mère qui s'était mise au lit, se disant fatiguée, la jeune fille se réfugia dans son appartement. Elle avait le désir de ne pas parler, le désir de rester là, inerte, à rêver. Jacques de Touzan était décidément le seul homme qui lui eût jamais plu. Elle voulait lui donner sa vie, mais son cœur s'angoissait à l'idée que peut-être il ne l'aimait pas au point de vouloir lier son existence à la sienne, son image rivale d'elle-même, hantait encore parfois, elle le savait, le cerveau du jeune homme et elle voulait qu'il n'aimât plus qu'elle. Elle passa une nuit agitée ; elle se sentait enlevée très haut, puis retombait lourdement sur le sol et ce choc la réveillait.

Quant à Jacques de Touzan, il avait pris plusieurs fois le récepteur pour téléphoner à Majestic Hôtel, mais comprenant ce qu'il y avait d'incorrect dans son désir, il s'était abstenu.

Il ne s'endormit que fort tard et fut éveillé vers les dix heures par un mot de Madame Gordon-Hope, qui l'invitait à déjeuner pour lui faire ses adieux.

Quand Elly alla donner le bonjour à sa mère, celle-ci lui fit part de l'invitation faite au jeune écrivain.

— Et après, ajouta-t-elle, nous irons ensemble faire nos achats.

— Mais, ma chère maman, de quoi avez-vous donc besoin encore ? J'ai compté seize malles, et toutes sont pleines, paraît-il.

— J'ai besoin d'une montre lumineuse pour la nuit, de deux thermos, car vous savez que les voyages m'altèrent toujours, surtout en auto. La petite chienne a besoin d'un panier ; plus deux brownings pour les chauffeurs des deux voitures, Gennaro a le sien, mais ce n'est pas suffisant, car en ce moment on arrête sans cesse les autos. Vous savez que je ne suis pas peureuse, mais je suis prudente.

Deux magnifiques gerbes de fleurs avaient été envoyées par Jacques. Madame Gordon-Hope fut sensible à cette marque de courtoisie. Pendant le déjeuner le romancier donna quelques aperçus de chefs-d'œuvre à visiter en Italie.

Quand il apprit que les voyageurs s'arrêteraient à Domodossola :

— Oh ! n'oubliez pas, dit-il, de visiter la cathédrale de cette petite ville. C'est un bijou du XVIIIe siècle. Mais j'oublie, Madame, que vous avez avec vous un cicerone remarquable.

Gennaro, toujours discret, n'avait cité que quelques tableaux spéciaux, et parlé avec amour de certains coins chers aux artistes, mais ignorés du touriste.

— Voulez-vous, monsieur de Touzan, nous accompagner, ma fille et moi. Gennaro doit passer à l'ambassade chercher quelques lettres.

Jacques s'inclina en signe d'assentiment, et quelques instants après, l'auto les conduisait dans les divers magasins de Paris.

Marion regardait l'auto disparaître en tambourinant sur les vitres de la fenêtre.

— Comme vous semblez rêveuse, Marion, dit Dominga.

La belle fille s'était retournée, des larmes roulaient sur ses joues.

— Qu'est-ce que vous avez ?

Et l'Italienne s'était promptement approchée de la jeune servante qui pleurait à chaudes larmes.

— Ah ! je ne sais pas ce que j'ai, c'est plus fort que moi, ne faites pas attention.

— Est-ce que votre fiancé vous tourmente ?

— Non, Paul Bourneuf est un brave garçon qui m'aime sincèrement ; mais j'ai peur du mariage, et cependant, je suis une honnête fille.

Elle resta un instant silencieuse, Dominga lui tenait affectueusement la main.

— Voyons, ma chère petite, ne pleurez pas ainsi, reprenez votre sang-froid, vous avez raison de réfléchir. Il faut prier la Madone, mais croyez-moi, n'imitez pas Dinah, ne devenez pas vieille fille, rien n'est plus triste.

Marion la regarda, surprise.

— Vous êtes toujours si gaie, demoiselle Dominga.

— Ne jugez pas si vite sur les apparences. Mais j'oubliais de vous dire qu'il y a quelqu'un dans l'antichambre qui vous demande. J'ai dit que j'allais vous prévenir.

Marion se mit à rire.

— Ah ! le prompt messager. Est-ce un homme ? une femme ?

— Une jeune fille, je crois.

Mais la camériste avait déjà disparu.

Et Dominga entendit :

— Ah ! c'est toi, ma petite Thomas, viens dans ma chambre.

Et la bonne Italienne vit en sortant de l'appartement, les deux jeunes filles disparaître.

— Qu'est-ce qui t'amène ? demanda, curieuse, la jolie Marion ?

— Oh ! la chose la plus folle.

— Tant mieux. Parle vite !

— Te souviens-tu d'un gros homme barbu qui se trouvait dans ma loge avant-hier, quand tu es venue me voir ?

— Oui, je me souviens.

— Eh bien, figure-toi que je viens en son nom te faire une proposition.

— À moi ?

— À toi ! Le gros monsieur qui porte le nom bizarre de Trébuchet, est venu hier me demander ton nom et ton adresse. J'ai refusé de les lui donner et lui ai dit que s'il avait une commission à te faire, je m'en chargerais volontiers. Et voici ce qu'il m'a dit :

— Je viens de préparer une affaire qui semblait devoir être superbe et tout me craque dans les mains par la mort subite de ma principale associée. – Tu vois d'ici mon ahurissement. – C'est un magnifique dancing avec thé l'après-midi et champagne le soir.

Il me faut une jeune et jolie personne, absolument inconnue, je lui ferai apprendre en un mois toutes les danses américaines. J'ai un professeur très chic qui lui donnera des leçons et avec lequel elle dansera. Depuis que j'ai vu votre amie, j'ai pensé souvent qu'on avait tort de laisser dans l'ombre une aussi belle personne. Voulez-vous la voir, lui demander si la chose lui plairait en principe, elle aura de très bons appointements, sera superbement vêtue aux frais de la société.

Marion restait rêveuse. Elle regardait Madeleine Thomas.

— Il ne t'a pas dit quel genre de monde on recevra ?

— Oh ! si, il a même insisté beaucoup là-dessus ; rien que du monde chic, un dancing de premier ordre. Cinquante francs les entrées et tout à l'avenant. Enfin, veux-tu prendre rendez-vous dans ma loge le jour où tu viendras ? Tu sais, ma chérie, ça vaut la peine d'y penser, car il parlait de deux mille francs par mois.

Marion sursauta :

— Deux mille ! J'en gagne deux cents. Ah ! ça me tente. Je sais déjà très bien danser, j'ai appris avec le professeur de mademoiselle en Amérique, toutes les danses.

— Ah ! bravo ! alors, quel jour ?

— Écoute, je vais demander à Madame Gordon-Hope, et je t'enverrai de suite un mot.

Son beau visage avait repris sa saine gaîté. Elle embrassa la petite Thomas et revint dans l'appartement.

— Ah ! demoiselle Dominga, la Madona a eu pitié de moi, je l'aime, je vous aime, j'aime la vie.

Et elle voulut entraîner la Torelli dans un rythme de tango.

VI

Jacques de Touzan avait accompagné les deux américaines au Louvre. Il était stupéfait de la patiente courtoisie des vendeurs et vendeuses, car Madame Gordon-Hope, qui était la plus charmante des femmes ne se rendait pas compte de son impertinente ténacité dans les magasins.

Elle avait certainement fait essayer à Fly, la petite chienne, plus de douze paniers.

— Non, disait-elle de sa voix dolente, tenant son face à main pour mieux juger, non, le jaune ne va pas à sa couleur – la petite bête était un minuscule poméranien couleur sable – le bleu fait triste, ah ! voyez comme elle n'aime pas le rouge.

Et le sourire figé sur son masque irrité, le vendeur apportait d'autres paniers.

Chez Marzo le bijoutier de la rue de la Paix, il avait fallu lui montrer les petites pendules et montres lumineuses, dans un cabinet noir. Elle en choisissait une, la tenait dans la main, allait la voir au jour et revenait dans le noir.

Enfin, son choix s'arrêta sur un ravissant petit cadran qu'elle voulut emporter tout de suite, malgré les remontrances du bijoutier qui lui assurait qu'il était nécessaire de le régler.

Elle ne voulut rien comprendre, remercia le bijoutier et demanda, avant de s'en aller, un peu d'eau pour Fly, qui tirait la langue.

Jacques quitta les deux femmes à la porte de l'hôtel. Il avait besoin d'étirer ses bras, ses jambes, de se détendre. Il aurait voulu hurler. Il lui semblait qu'il était porteur de toutes les impatiences et toutes les colères sourdes supportées par les pauvres vendeurs et vendeuses des grands magasins et il découvrit que leur labeur était plus rude et plus épuisant que celui des paveurs et des casseurs de pierres.

Le lendemain, Madame Gordon-Hope partait dans sa magnifique limousine, pour l'Italie.

Gennaro Apostoli l'accompagnait. Sur le siège, le chauffeur Paul Bourneuf et un mécanicien.

Dans une autre très grande auto, qui devait suivre les voyageurs, Dinah Foxwell tenant le sac à bijoux de Madame Gordon-Hope, le fidèle Benoît et la petite Fly, dans son nouveau panier. Quatre malles de fortune sur le haut de la voiture, les seize autres malles étaient parties, accompagnées par Berthon.

Sur le siège, un nouveau chauffeur engagé pour ce voyage, car Madame Gordon-Hope avait absolument refusé de prendre Frédéric, le chauffeur de sa fille, dans lequel elle avait la plus grande confiance.

Madame Gordon-Hope fit à Mademoiselle de Saulowa et à Dominga, les plus pressantes recommandations, les priant de bien veiller sur sa fille.

Dinah s'était chargée de lettres et de paquets pour la famille de l'Italienne à Domodossola.

La jeune fille vit partir sa mère qui allait au-devant du bonheur pour la seconde fois, mais qu'est-ce que l'avenir lui réservait à elle, Elly ?

Marion était descendue pour dire adieu à Paul Bourneuf, dont elle avait surpris le regard plein de tristesse. Il partait rempli d'amour et d'espoir, mais il trouvait bien dur d'être séparé si longtemps de sa fiancée. La cameriste baisa la main de Madame Gordon-Hope et fit un tendre signe d'adieu au pauvre chauffeur.

La voiture disparue, Elly remonta, suivie de sa femme de chambre, dans ses appartements.

— Je voudrais demander un conseil à Mademoiselle, murmura cette dernière.

La jeune maîtresse la regarda étonnée.

— Eh bien, j'écoute, Marion, parlez.

Quand elle eut entendu le récit de sa camériste, Elly resta un moment silencieuse. Elle était contente de voir Marion s'éloigner, car elle craignait sans cesse sa rencontre avec de Touzan ce qui eût dérangé tous ses plans ; mais elle avait de l'amitié pour sa servante et rejetait bien loin cette pensée égoïste, pour rester impartiale dans son conseil.

Elle dit d'un air grave.

— Vous êtes fiancée à Paul Bourneuf qui est un très, très honnête homme, qui, j'en suis sûre, vous rendra très heureuse, Marion ; vous ne devez donc pas manquer à votre parole, mais vous pouvez, je crois, ne pas repousser la proposition qui vous est faite. Je donnerai à votre fiancé la somme nécessaire pour conclure l'association avec ce directeur de dancing et vous pourrez épouser Bourneuf et réaliser votre rêve. Seulement, je vais d'abord faire prendre les renseignements les plus stricts sur monsieur... Comment l'appelez-vous ?

— Trébuchet.

— Drôle de nom pour un professeur de danse.

Marion se mit à rire et lui tendit le papier sur lequel se trouvaient inscrits le nom et l'adresse.

La conversation fut interrompue par un appel du téléphone.

— Allo... allo... Oui, c'est moi... Très bien, merci... Oui, ma mère est partie... Oh ! oui, quelle jolie idée... Merci. Je vous attends à deux heures.

Et le récepteur raccroché, Elly se retourna joyeusement vers Mademoiselle de Saulowa qui venait d'entrer.

— Ah ! vous arrivez à propos, Mademoiselle. Soyez assez aimable pour vous préparer.

— Vous sortez ?

— Oui, j'ai promis à ma mère de ne plus sortir seule avec Monsieur de Touzan. Il viendra nous prendre à deux heures pour nous faire visiter le vieux Paris. Cela vous intéressera, je pense ?

— Oui, beaucoup.

— Mais, expliquez-moi, mademoiselle, pourquoi une jeune fille française ne peut sortir seule avec un homme bien élevé ?

— C'est contre toutes les convenances.

— Pourquoi ?

Mademoiselle de Saulowa hésita un instant.

— C'est assez délicat à vous expliquer et je pense qu'il est plus sage de ne pas rechercher le danger.

— Eh bien, le respect des Américains pour la femme suffit à écarter même le soupçon qu'il peut y avoir danger.

— Soit ! Mais la race latine est plus galante que la race saxonne. Et tous les latins croient qu'il est plus élégant de courtiser une femme que de la respecter.

— Une femme peut-être, mais une jeune fille ??…

VII

Un nouvel appel du téléphone fit sursauter la demoiselle de compagnie qui voulut répondre. Mais Elly la devança :

— Allo ! Oui, c'est moi !... Ah ! mon Dieu ! qu'est-ce que c'est ? dit la jeune fille dont le visage avait changé... Je viens de suite !... Comment ?... Mais si, je peux y venir avec Dominga... Oh ! ça m'est égal ! Je viens quand même !

Elle donnait des signes d'impatience, on entendait les objections faites par Jacques de Touzan, et enfin elle s'écria :

— Ça m'est égal, ça m'est égal. Je viens !

Et elle raccrocha le récepteur.

— Vite, mon chapeau, Marion. Allons, Dominga, prépare-toi et partons.

— Vous oubliez, mademoiselle, que vous m'avez priée de vous accompagner.

— Oui, c'était pour visiter le Vieux Paris, mais monsieur de Touzan téléphone qu'il est pris de fièvre, et que le médecin qui est près de lui, interdit sa promenade. Cela m'inquiète et je vais chez Monsieur de Touzan.

— Mais…

— Oui, mademoiselle, je sais que vous n'approuvez pas cette démarche et vous avez sans doute raison, mais j'irai quand même.

— Je vais télégraphier à Madame votre mère.

Et comme Marion rentrait pour prévenir que la voiture était prête :

— Tenez, Marion, donnez à Mademoiselle de Saulowa l'itinéraire de maman, là, dans le premier tiroir du secrétaire. Allons, viens vite, Dominga.

Et elle partit en coup de vent.

Elly, avant de s'installer dans l'auto, dit au chauffeur :

— Avenue Mozart, 12, à Passy.

Et la voiture prit l'élégante allure permise à Paris.

Arrivées devant le petit hôtel qui porte le numéro douze, les deux femmes descendirent. Un maître d'hôtel les attendait sur le seuil de la petite grille. Il se pencha respectueusement :

— Mademoiselle Gordon-Hope, dit Elly un peu gênée.

Le domestique précéda alors les visiteuses et les fit entrer dans le salon de l'écrivain.

— Le docteur est encore là. Je préviens Monsieur.

Et il poussa discrètement un fauteuil à la jeune fille.

Mais Elly ne s'assit point. Elle regarda autour d'elle, cherchant à découvrir la part que les objets et les meubles avaient pris dans la vie du romancier.

Elle remarqua un petit secrétaire avec les armes de Marie-Antoinette. Elle se souvint en avoir lu la description dans un des romans de son nouvel ami.

Elle sourit, heureuse d'avoir trouvé un lien entre les choses qui l'entouraient et le cerveau de son cher flirt.

Un homme entra et, s'avançant vers Elly, se présenta : Docteur Obissier. Elle tendit sa main gantée.

— Je suis Miss Elly Gordon-Hope, Docteur, je voudrais voir Monsieur de Touzan.

— Je dois vous prévenir que mon client me paraît être atteint de l'horrible grippe dite espagnole. Mon diagnostic n'est pas encore certain, mais je ne veux pas prendre la responsabilité de votre visite, car cette maladie est très contagieuse.

— Oh ! je n'ai pas peur, n'ayez aucun remords à mon sujet. Nous autres jeunes filles américaines, nous avons, dès notre plus jeune âge, l'habitude d'être responsables de nos actes. De plus, vous-même ne pouvez affirmer que c'est cette affreuse maladie qui terrasse Monsieur de Touzan. Je cours donc ma chance. Faites-moi pénétrer chez lui.

Le docteur regarda la jeune fille et se sentit intéressé :

— Venez, Mademoiselle.

Elly se retourna vers Dominga :

— Reste-là, ma bonne nourrice, je reviens dans cinq minutes.

Et l'Italienne, très effrayée de ce qu'elle venait d'entendre dire par le Docteur, reprit honnête contenance, feignant, sans trop insister, de vouloir suivre sa jeune maîtresse. Mais personne ne s'occupait plus d'elle. Le docteur et Elly avaient disparu dans la chambre de Jacques. Une vieille femme se tenait près du jeune homme ; lequel était étendu dans un profond fauteuil, en pyjama de soie grise.

Il n'avait pas voulu se coucher, malgré les objurgations du docteur et de sa vieille domestique, Marthe. Elly avait dit : « Je viens quand même ! » Donc il l'attendait. Force avait été de lui céder ; car il était à ce degré de fièvre qui raisonne encore et même ergote.

— Je recevrai Mademoiselle Gordon-Hope, avait-il affirmé. Après sa visite, je vous appartiendrai, docteur.

Quand elle pénétra dans la chambre de son ami, Elly eut un mouvement de surprise, à le voir si pâle avec des yeux de feu.

Un petit pouf se trouvait là, tout proche, elle tomba assise près de Jacques.

— Ah ! comme vous voilà pâle et brûlant, dit-elle en lui prenant les mains.

— « Joli Sosie », je suis bien heureux de vous voir, mais vous allez me faire le serment de ne plus revenir ici avant ma guérison complète.

Elly eut un mouvement.

— Laissez-moi parler. Je sens le mal qui me gagne rapidement. Ce n'est pas votre place. Je vous téléphonerai chaque jour et si je ne puis le faire, le docteur ou Marthe…

À ce moment la porte s'ouvrit et le comte d'Hervais entra.

— Ah ! bien, tenez, mon ami qui est aussi le vôtre, vous téléphonera. Êtes-vous tranquille ?

Le nouveau venu avait eu un brusque mouvement de surprise en voyant Elly.

— Vous, mademoiselle !

— Oui, je vois bien que tout le monde est contre moi. On pense que je ne dois pas être ici. Cependant, si ma tendre amitié pour Monsieur de

Touzan est, quoique récente, aussi profonde que la vôtre, Monsieur d'Hervais, pourquoi dois-je être éloignée ?

Marthe écoutait, stupéfiée, cette jeune étrangère.

— Vous me permettrez, charmante mademoiselle, en vous portant des nouvelles, d'aller vous expliquer tous les « parce que » de votre « pourquoi ».

Elle se leva. Les paillettes d'or de ses yeux sombrèrent dans le mélancolique « au revoir » qu'elle dit au jeune romancier.

— « Doux et Joli Sosie », dit Jacques en lui baisant la main, ne soyez pas triste. Je vais, je vous le jure, hâter ma guérison.

À ce moment le domestique entra.

— Le chauffeur de Monsieur le docteur prévient au téléphone qu'il a un léger accident et ne pourra être ici que dans une heure.

— Eh bien, moi, je vais vous conduire, dit Elly.

— Mais mademoiselle, je n'ai pas fait mon ordonnance et ce serait vraiment abuser...

— Ne vous excusez pas. Je vous laisse avec Monsieur de Touzan et je vous attendrai dans le petit salon ; je vous assure que je n'éprouve aucun chagrin de rester encore dans l'ambiance de notre cher malade.

Le docteur s'inclina en souriant. Et s'adressant à Marthe :

— Veuillez me donner ce qu'il faut pour écrire.

Quand il eut terminé son ordonnance, Jacques sonna, et le valet de chambre Auguste fut prié d'aller porter immédiatement la prescription du docteur.

— Ce n'est pas loin, ajouta Marthe, le pharmacien est au coin de la rue.

Le docteur serra la main de son client :

— Allons, soyez raisonnable. Couchez-vous tout de suite. Je reviendrai vers six heures, avec mon confrère le Docteur Morène. Je vais passer pour vous choisir une garde-malade. Oh ! ne soyez pas jalouse, Marthe, vous ne pouvez pas soigner seule votre maître. Il me faut une nurse ayant obtenu ses diplômes qui inscrira la température du malade heure par heure et exécutera mes ordonnances à la lettre.

Et comme Marthe bougonnait :

— Grognez tant qu'il vous plaira, il faut que ce soit comme ça.

Et il partit après avoir serré les mains de Jacques et du comte d'Hervais.

Elly attendait seule dans le salon, car Dominga, prétendant manquer d'air, était allée se blottir dans l'auto !

La vérité est que la pauvre créature se sentait mal à l'aise dans ce milieu contaminé par l'horrible maladie qui faisait de si nombreuses victimes depuis un mois.

Le docteur donna l'adresse de la maison anglo-américaine où se trouvaient les nurses les plus dévouées et les plus soigneuses. Chemin faisant il étudia avec curiosité le petit être doux et volontaire qu'était Elly Gordon-Hope. Il comprit qu'elle aimait Jacques ; du reste elle ne faisait rien pour cacher cet amour, bien au contraire. Et, quand, dans le long trajet qu'ils firent ensemble il eut acquis la certitude que cette jeune fille était intelligente et pondérée, il lui permit de s'occuper elle-même du choix de la nurse et de tous les détails qui dépendaient de ce choix.

Quand ils descendirent rue Greuze, la jeune fille congédia Dominga.

— Rentre à l'hôtel, nourrice, cela te fera du bien de marcher.

Et elle pénétra avec le docteur dans le « Home of trained nurses. »

L'homme de science présenta à la directrice, Mrs Candower, Mademoiselle Gordon-Hope, et baragouinant très mal l'anglais, il fut heureux de laisser les deux femmes s'expliquer ensemble. Il prit congé, recommandant que la nurse choisie se trouvât exactement à six heures, pour la visite des médecins.

Le nom de Gordon-Hope avait électrisé tout le personnel de la maison. La directrice connaissait la jeune milliardaire, sa compatriote, aussi se rendit-elle immédiatement à son désir quand elle lui demanda un entretien particulier.

Une demi-heure après, toutes deux sortirent ensemble et s'arrêtèrent au télégraphe, Elly voulant prévenir sa mère.

Après avoir fait différentes courses dans Paris, Elly et sa compagne s'en furent au Majestic Hôtel, et, prenant avec elle la directrice dans sa chambre, elle lui remit vingt billets de mille francs.

— Je vous en remettrai vingt autre mille dans huit jours.

Un instant après, Dominga et Marion apportaient des paquets qu'un groom avait retirés de l'auto, et elles restèrent bouche bée quand, après les avoir ouverts sur l'ordre donné par Elly elles en sortirent des petits bonnets avec voile blanc, une longue blouse blanche et des gants en caoutchouc extra fins. Tout aussitôt, aidée et conseillée par la nouvelle venue, Elly se revêtit du costume complet des infirmières américaines.

La jeune fille se regardait avec complaisance quand son visage changea soudain.

— Ah ! j'oubliais… je dois être brune. Vite, Marion, apporte-moi la perruque que tu sais.

Et défaisant ses admirables cheveux, qui tombaient en ondes dorées sur ses épaules, elle pria Dominga de les tresser en nattes très serrées. Cette dernière, affolée, s'exécuta, faisant mille questions.

— Tout à l'heure, tout à l'heure, je t'expliquerai, mais fais vite, et surtout retrousse bien toutes les petites mèches de la nuque.

La jolie camériste revint avec la perruque que, par on ne sait quelle intuition, elle n'avait pas voulu rendre.

— Oh ! Madona, que vous êtes changée, avec ces vilains cheveux noirs.

— Tant mieux, dit joyeusement Elly, il faut qu'il en soit ainsi, bonne nourrice.

Et elle l'embrassa tendrement.

— Quelle heure est-il ?

Elle jeta un regard vers la pendule.

— Oh ! quatre heures dix. Écoutez-moi bien. Ne soyez pas inquiètes toutes deux. Je vais soigner Monsieur de Touzan qui est, je crois, bien malade.

Dominga tomba sur un siège, le visage défait et pâle.

— Bon Zézus, c'est une folie, je ne puis être complice ! Si vous tombiez malade de ce méchant mal, tout retomberait sur moi ; Madame Gordon-Hope me maudirait et elle aurait raison.

Mais Elly arrêta ce flot de paroles qui sortaient bourdonnantes et bafouillantes.

— Nourrice, je suis majeure, tu n'as donc rien à craindre. Je demande, par déférence, avis à ma mère pour quantité de choses, mais il est inutile de troubler son voyage par des craintes illusoires. Maman est très heureuse en ce moment, ce serait cruel de la tourmenter. Il ne m'arrivera rien. Tu sais bien que pendant cette affreuse guerre, j'ai soigné, en Amérique, des cas graves et contagieux, malgré tout le monde, et que je suis sortie de ces épreuves en pleine santé. Donc, ne te fais pas de chagrin, et obéis-moi.

— Ah ! dit la pauvre femme en essuyant ses yeux pleins de larmes, vous savez bien que vous faites ce que vous voulez de votre vieille nourrice. Que dois-je faire ?

— Écoute-moi bien, nourrice, voilà ce que tu feras : tu appelleras le numéro Passy 34-08 et demanderas alors Miss Lily Scorrer.

— Oh ! quel nom ! marmonna la nourrice.

— Tu diras que c'est de la part de Miss Elly Gordon-Hope, qui veut avoir des nouvelles.

Les grands yeux ronds de l'Italienne sortaient de leurs orbites et sa bouche entrouverte laissant tomber une lèvre hébétée, faisait de son visage un masque de stupeur. Mais Elly ne s'en effraya pas. Elle savait à quel point l'Italienne possédait l'art d'exagérer ses impressions.

— Je vais, du reste, écrire tout cela en deux copies, une pour toi, et une pour Marion. Il sera préférable que ce soit Marion qui téléphone aux heures indiquées. Elle pourra donner l'illusion de ma voix dans le cas où, cela arrive parfois, on entendrait distinctement.

Dominga, pinçant les lèvres, répliquait.

— Je crois que je suis plus sûre quand même, que Marion.

Mais Elly s'était assise à son petit bureau et écrivait.

— À dix heures, premier appel. Passy 34-08, Lily Scorrer… Puis dire : Mademoiselle Gordon-Hope demande des nouvelles de Monsieur Jacques de Touzan…

Miss Scorrer donnera le bulletin de santé, et Mademoiselle Gordon-Hope, représentée par Marion ou Dominga, ajoutera : « Merci mille fois. Veuillez dire à Monsieur de Touzan que Mademoiselle Gordon-Hope forme des vœux constants pour son rétablissement. »

Puis à six heures, nouvel appel de Passy 34-08 pour la même Mademoiselle Scorrer. Même demande de Mademoiselle Gordon-Hope qui répondra suivant le bulletin que je vous enverrai : « Je suis bien heureuse… ou j'ai bien du chagrin. » Cet ordre du jour est pour la journée de demain. J'en ferai un autre pour après-demain.

Après avoir fait deux copies de ce troublant programme, elle en remit une à Dominga qui se sentait prise de vertige et développait ses craintes dans un flot de paroles ininterrompues, arpégeant toutes les gammes du vocabulaire italien.

La directrice essayait de la calmer, mais la lave bouillante du Vésuve se refroidit plus vite que la faconde italienne.

L'heure avançait.

Un léger frisson saisit Elly, ce qu'elle faisait était tellement osé !

Au moment de mettre son projet à exécution, elle en comprit toute la portée :

— Mademoiselle a le trac ?

— Oui, Marion, j'ai le trac.

Puis elle pensa, volontaire et combative :

— Tant pis, le sort en est jeté. C'est le bonheur de ma vie que je risque en ce moment. Je l'ai voulu, je le veux encore. Partons.

Elle embrassa sa nourrice, serra la main de Mademoiselle de Saulowa qui, froide et pincée, trouvait tout cela d'un goût douteux, et elle partit avec Madame Candower.

Il était cinq heures et quart. Le jour était sombre et Elly se réjouissait de voir le ciel s'obscurcir.

Quand elles arrivèrent à Passy, le domestique leur dit que monsieur s'était endormi.

— C'est bien, dit la directrice, nous attendrons le docteur, j'ai rendez-vous avec lui à six heures. J'amène la nurse qu'il m'a demandée.

— Ah ! bien ! bien ! fit le domestique d'un air entendu. Je vais vous envoyer Marthe.

Elly commençait à se remettre. Le petit hôtel était sombre et les pièces étaient éclairées par des lampes douces et tamisées. Marthe entra bougonnante.

— C'est vous, la nurse, ah bien, c'est du propre d'envoyer des gamines, c'est lourd à remuer, un malade.

— N'ayez crainte, répondit sèchement la directrice américaine, Mademoiselle est anglaise, et sous son apparence frêle elle est très forte, j'en prends la responsabilité.

Le ton autoritaire de Mrs Candower en imposa à Marthe.

— C'est bon, on verra. Venez que je vous montre votre chambre.

Elly se sentit plus à l'aise. La chambre était un petit cabinet noir prenant jour sur un couloir-galerie. Peu importait d'ailleurs à la jeune fille. Elle remercia doucement Marthe.

— Demain, j'irai chercher ma malle.

— Oh ! n'apportez pas trop de choses, je ne pense pas que ça va durer. Monsieur est solide. C'est la première fois qu'il est malade. Faut pas croire que vous allez prendre racine ici.

Mais Mrs Candower lui imposa silence à nouveau. Les docteurs venaient d'arriver. Ils regardèrent à peine la nurse et remercièrent la directrice qui se retira, recommandant chaudement son infirmière.

Elly entra dans la chambre à la suite des médecins. Le malade se réveilla doucement pendant l'auscultation du docteur Morène, lequel avait été appelé par son confrère.

Jacques de Touzan, abattu par 39° de fièvre, ne distinguait rien. Marthe et la nouvelle nurse l'avaient aidé à se soulever. Il se laissa faire, inconscient des mains qui le touchaient.

Après l'avoir ausculté dans le dos, on l'étendit doucement, et Marthe découvrit la poitrine du malade afin de permettre aux docteurs d'examiner soigneusement le cœur.

L'examen terminé, les docteurs se retirèrent.

— Nous vous appellerons dans un instant, Mademoiselle. Comment vous nommez-vous ?

— Lily Scorrer.

— Lily c'horreur. En v'là un nom, murmura la vieille Marthe.

— Eh bien, Mademoiselle Lily, faites de suite chercher une poche en caoutchouc que vous emplirez de glace pilée. Il faudra la placer sur la tête du malade et la renouveler tous les quarts d'heures, en prêtant attention à ce qu'il ne soit pas mouillé.

Marthe accompagna les docteurs ; puis les voyant causer ensemble tout bas, avec des figures graves, la pauvre femme s'approcha.

— Mon Dieu ! C'est donc qu'il est si sérieusement malade ?

— Oui, ma brave femme, très malade.

Et, voulant achever la consultation :

— Vite, vite, la glace, c'est très pressé, dit Obissier.

La servante courut en sanglotant jusque chez le pharmacien.

Elly, restée seule, s'approcha de Jacques. Elle regarda longuement, le beau visage qui s'était émacié sous l'influence de la fièvre qui le minait depuis quelques heures. Le col ouvert, laissait voir son beau cou souple et musclé, entre ses lèvres, séchées par le mal, une lignée de dents blanches. Il n'avait jamais paru plus beau à la jeune fille.

Elly fut soudain tirée de son rêve.

— À boire ! murmura le malade.

Elle prit le verre, souleva la tête brûlante du jeune homme et le fit boire lentement. Les yeux de Jacques se fixèrent alors sur le jeune visage et restèrent, sans battements de cils, avec une ardente interrogation. Elly sentit ce regard la pénétrer et devint pourpre.

— Qui êtes-vous ? demanda la voix lointaine du malade.

— La nurse appelée par les docteurs pour aider votre vieille gouvernante.

Elle avait doucement posé la tête du malade. Marthe rentra.

— Mademoiselle Lily, les docteurs vous attendent.

— Mademoiselle Lily... murmura Jacques.

Puis la fièvre embrumant son cerveau il ne chercha plus à comprendre et ferma les yeux.

Les praticiens mirent la jeune nurse au courant de ce qu'il fallait faire et prirent rendez-vous pour le lendemain à sept heures du matin.

— Voici mon numéro de téléphone, dit le docteur Obissier.

Puis, son regard s'étant arrêté sur Elly :

— Est-ce que nous n'avons pas déjà soigné un malade ensemble ?

— Oh ! non, docteur. Je suis arrivée cette semaine de Londres, et je n'ai jamais eu l'honneur de vous rencontrer.

Après avoir expliqué à la jeune fille toutes les clauses de l'ordonnance qu'ils venaient de rédiger, les médecins se retirèrent.

La glace, emprisonnée dans l'étroite pochette, fut placée sous la tête du malade qui sembla aussitôt en ressentir l'effet calmant ; et la petite nurse s'installa au chevet du bien-aimé.

Marthe allait, venait, commandait, gourmandait, sans jamais se lasser, et comme elle était d'une jalousie extrême, elle se refusa à laisser donner à son maître, par d'autres mains que les siennes, les soins intimes qu'exigeait son état. Et Elly bénit cette jalousie furieuse de la vieille servante.

Elle passa toute cette première nuit au chevet de Jacques qui délirait. Seule, Elly, pouvait distinguer le vrai de l'imaginaire dans ce flot de paroles incohérentes. Son nom revenait sans cesse, puis une colère soudaine agita ses mains.

— Ôtez ces paniers, ôtez cette pendule. Oh ! les pauvres, les pauvres vendeuses.

Elly dut faire appel à sa mémoire ; puis, dans un tendre sourire compatissant :

— Pauvre ami ! Comme il a souffert dans ces magasins : Jamais, jamais, nous n'y retournerons ensemble, mon Jacques bien-aimé !

Elle lui prit doucement les mains, essayant par de lentes pressions, de calmer son agitation. En effet, sous les effluves de ce petit être, qui réunissait toutes ses forces psychiques pour secourir son ami, le malade se calma peu à peu.

La glace, renouvelée sans cesse, avait apaisé les douleurs de tête et il s'endormit. Marthe, qui guettait Elly, la trouva attentive et docile. Elle se radoucit donc un peu et conseilla à la jeune fille d'aller se reposer.

— Mais je ne suis pas encore fatiguée, Madame Marthe.

— Eh bien ! restons toutes les deux.

Et Marthe s'installa de l'autre côté du malade.

La nuit fut cruelle pour Jacques, et par conséquent très fatigante pour ses gardiennes. Le docteur ne cacha pas son inquiétude à la nurse. La malheureuse enfant faillit perdre contenance quand elle apprit la cruelle vérité.

— Il est mal, très mal, tout est à craindre ! Seules sa jeunesse et sa constitution robuste peuvent le sauver. La science ne peut pas grand-chose dans cette terrible maladie.

Elly fit un effort surhumain pour ne pas éclater en sanglots. Elle ne voulut pas quitter le malade un instant et Marthe dut se fâcher pour lui faire prendre un peu de café.

À dix heures, on la prévint que le téléphone rappelait. Quand elle revint, elle répondit au regard interrogateur de Marthe :

— C'est Mademoiselle Gordon-Hope qui fait demander des nouvelles de Monsieur de Touzan.

Marthe prit une mine hargneuse.

— Ah ! oui, cette étrangère blonde qui est venue hier matin. Elle me plaît tout juste cette yankee. Du reste, elle vous ressemble un peu, mais j'aime mieux vot' figure.

Elly feignit d'essuyer son visage pour cacher sa rougeur.

— Vous qui êtes anglaise, vous devez la connaître, parce que, voyez-vous, anglais ou américain, c'est tout comme.

— Pas pour eux, dit en riant la jeune fille.

Le malade donna des signes d'impatience, quoique ce petit colloque eût lieu à voix basse, Jacques avait surpris le nom d'Elly. Il murmura :

— « Joli Sosie », quand est-ce que je te verrai ?

La fausse nurse faillit se trahir dans le mouvement qui la porta vers le malade. Marthe la repoussa, puis se penchant :

— Qu'est-ce que monsieur demande ?

Et les lèvres brûlantes bégayèrent :

— « Joli Sosie » !

— Je ne comprends pas, murmura la vieille femme.

La petite nurse s'approcha : Le visage du malade s'empourpra soudain. Ses yeux s'agrandirent démesurément et se fixèrent sur la douce vision, et les paroles s'échappèrent en flux.

— C'est toi ! Te voilà ! C'est toi, « Joli Sosie ! » Je vois l'or de tes prunelles qui sombre dans les larmes.

Pourquoi ? Tu ne dois pas pleurer. Nous allons partir ! Tiens, le clakson de l'auto nous appelle. Ah ! quel bruit ! Qu'il se taise !

Et pris de fureur il cria :

— Assez ! Assez ! Ce bruit me casse la tête !

Et il retomba épuisé.

La jeune nurse profita de cette faiblesse pour glisser entre ses lèvres le contenu d'une petite cuiller de vermeil, et quelques instants après le malade tombait dans le sommeil que donnent les stupéfiants.

— Si cela ne vous gêne pas, madame Marthe, je vais aller jusque chez moi.

— Allez, allez, je reste là.

— Je serai de retour dans une demi-heure.

— Vous feriez bien mieux de dormir quelques heures.

— Non, je ne veux pas, je reviens tout de suite.

— À votre gré.

Et Marthe pensa :

— Tout beau, tout nouveau. Il faudra voir dans quatre ou cinq jours, puisque les médecins disent qu'il y en a encore pour une ou deux semaines, à moins que…

Et, frissonnante, elle s'approcha du lit.

— Mais non, ils se trompent les médecins. Un si beau garçon, et plein de talent.

Elle se pencha sur le jeune homme endormi, dont l'haleine brûlante vint jusqu'à elle. Elle se redressa.

— C'est chaud comme son sang. Il vivra ! Il vivra mon bon maître.

Et de grosses larmes lavaient sa face grise.

La petite nurse, couverte de sa mante de laine noire, avait retiré son bonnet, son voile, et rabattu son capuchon ; elle sauta dans un taxi, et arrivée à l'hôtel :

— Vite un bain, Marion, et prépare-moi tout ce qu'il me faut pour me changer.

Dominga était accourue. Elle embrassa follement, à l'Italienne, sa jeune maîtresse.

— Ah ! que vous voilà pâle. Est-ce Dieu possible de se fatiguer ainsi ! Comment va-t-il ?

— Très mal, très mal.

— J'irai tantôt, à Saint-Honoré-d'Eylau brûler deux cierges.

— C'est cela, nourrice.

On frappa doucement à la porte. C'était Mademoiselle de Saulowa. Elle la pria d'attendre. Dominga croisa ses mains :

— Elle a écrit à votre mère.

Elly sourit...

— Et qu'est-ce qu'elle a pu lui dire ? Madona !

VIII

Quelques instants après, Elly, délassée par son bain chaud, reçut mademoiselle de Saulowa à laquelle elle tendit gracieusement la main.

— J'espère, mademoiselle, dit l'importante personne, que vous n'allez pas retourner chez Monsieur de Touzan.

— J'y retourne immédiatement, chère mademoiselle, et je dois vous prévenir que pour mettre votre responsabilité à couvert, j'ai tout expliqué à ma mère dans un long télégramme qu'elle a reçu en route.

Un groom entra.

— Ah ! une dépêche de ma mère. Non, c'est de Gennaro. Écoutez, mademoiselle.

Elle lut :

« *Madame votre mère a reçu votre télégramme. Elle vous supplie de vous faire faire une piqûre préventive. Télégraphiez nouvelles de Monsieur de Touzan à Dijon, où nous restons encore un jour. Ne soyez pas inquiète, madame votre mère va très bien, et vous trouverez dans une lettre que vous recevrez sans doute aujourd'hui, l'explication de son séjour prolongé dans cette ville. Votre mère demande que vous soyez prudente pour l'amour d'elle. Mes plus dévotieux hommages.*

— *Gennaro.* »

— Quelle mentalité ! murmura Mademoiselle de Saulowa.

Elly feignit de ne pas entendre.

— Vous voilà tranquille, Mademoiselle, dormez en paix, et soignez ma pauvre Dominga qui se fait du mauvais sang parce qu'elle me croit en danger.

Elle prépara un second télégramme en réponse à celui qu'elle venait de recevoir, et le remit à Marion.

— Vous n'avez pas besoin de moi ? demanda Mademoiselle de Saulowa.

— Non, merci.

La demoiselle de compagnie salua sèchement et se retira.

— Elle a dû avaler une tringle, laissa échapper Marion.

Mais Elly se souciait peu de Mademoiselle de Saulowa. Elle avait hâte de retourner à Passy.

Cependant que la jeune fille vivait parmi ces inquiétudes, Madame Gordon-Hope et son compagnon s'attardaient en route. Ils devaient rester douze heures à Dijon à l'Hôtel de la Cloche. Les bons vins, la bonne chère retenaient la voyageuse dans les délices de la Bourgogne. La gourmandise était le péché mignon de la mère d'Elly et malgré les instances de Gennaro qui, lui, avait hâte d'arriver à Rome, ils ne partirent qu'au bout de cinq jours.

Après avoir brûlé Dôle et Pontarlier, l'auto s'arrêta devant une rustique petite auberge entrevue sur le bord de l'Orbe, délicieuse petite rivière suisse. L'aubergiste était en train de traire une vache qui prit peur au bruit du moteur et s'enfuit affolée.

— Ah ! en voilà de la belle ouvrage qu'elle fait, votre mécanique, dit la paysanne.

Et, essuyant ses mains à son tablier, elle continua, fâchée :

— Que vous voulez, à cette heure ? J'ai rien à vous donner, même pas le lait de ma vache, qu'est perdu ; et mon petit fieu qui pleure et qui l'attend son lait.

L'Américaine s'était approchée de la vieille.

— Voilà cent francs, ma bonne dame, pour votre lait perdu et je vais entrer chez vous me reposer. Pendant ce temps j'enverrai l'auto chercher du lait, voulez-vous ?

Cette douce voix, ce joli et sympathique visage, ce billet de banque, transfigurèrent la vieille paysanne.

— Ben sûr que je veux que vous vous reposiez. Entrez ! Entrez ! V'là un bon fauteuil. Quoi que vous voulez boire et manger ?

La pièce, de plain-pied avec le sol, était grande, bien éclairée et enrichie par sa luisante propreté.

— Puis-je passer la nuit ici ?

La paysanne resta coite.

— Ben sûr, mais y a que cinq chambres et dame, c'est simple.

Gennaro qui s'était immédiatement enquis, redescendait l'escalier de bois et répondit :

— C'est aussi propre qu'ici. Les chambres sont peintes à la chaux, le sol carrelé vert et blanc. Vous pouvez très bien passer la nuit ici. Je vais tout faire préparer de suite.

La limousine donna quelques tours de roues et la seconde voiture avança. Une grande fille maigre, efflanquée, mais musclée comme un homme, offrit ses services.

— Préparez la grande chambre numéro 1, dit Gennaro.

— Alle est prête, gronda la fille.

— Non, enlevez le lit. Voici qui le remplacera.

Et le chauffeur et le maître d'hôtel enlevèrent du dessus de la voiture une caisse enveloppée d'une sorte d'énorme étui de peau ; un rouleau de grosse toile et une boîte assez étroite, mais ayant près d'un mètre de haut. Le tout fut monté dans la chambre destinée à Madame Gordon-Hope. Cette chambre se trouva, quelques minutes après, ornée d'un lit canapé, avec une couverture de satin broché doublée de fin et blanc Thibet et d'une magnifique carpette. Sur une ravissante table à truc (dont le plateau, fait d'étroites lames de bois collées fortement sur une toile à fleurs, se roule et se déroule à volonté, dégageant les quatre pieds qui se vissent à l'intérieur), Dinah Foxwell prépara la cuvette d'argent avec son large broc, les brosses, la savonnette et la trousse à ongles.

La grande fille, restée à la porte pour voir, porta ses deux mains à sa tête et murmura :

— C'est-y possible, tout ça, c'est-y possible !

Certes, Madame Gordon-Hope n'était pas poseuse, mais elle avait été prévenue par sa sœur du piteux état des petits hôtels de France, dont cette dernière avait tant souffert, qu'elle n'avait jamais voulu revenir dans notre doux pays. Il est certain qu'en Amérique, le plus infime canton perdu dans la campagne ou dans les déserts de l'Arizona, offre au voyageur exténué une bonne salle de bains, avec eau chaude, eau froide, douches, des chambres aérées avec tapis étouffant le bruit des pas des autres voyageurs, l'électricité partout, dans les chambres, les couloirs et toute la propreté hygiénique si indispensable aux nécessités de la vie et si ignorée par les propriétaires des petits hôtels français.

Madame Gordon-Hope s'était mise à la fenêtre ; à ses pieds roulait, bondissante et joyeuse, la petite rivière de l'Orbe.

— Voyez, Gennaro, dit-elle sans se retourner, devinant la présence du jeune homme qui venait d'entrer, voyez comme il est triste de constater que partout la vie et la mort se côtoient. Ce coin charmant plein de poésie et de vitalité, est gâté par ces deux hommes.

Gennaro vit alors, étendu à plat ventre au milieu des herbes hautes, un vieillard qui, sournoisement, patiemment, happait des petits poissons argentés. Ils se débattaient désespérément sous la prise du cruel hameçon. Plus loin, caché derrière un tronc de saule, un jeune homme, le visage fermé, le regard dur, le fusil épaulé, guettait un canard sauvage qui, lui aussi, était à l'affût d'une proie au milieu des roseaux, et ce si petit coin, calme et riant, évoquait le monde entier avec ses appétits, sa férocité et son mépris du droit à la vie.

Ils rentrèrent tous deux, un peu attristés, mais la table servie, joliment éclairée par un candélabre bas dont les bougies étaient coiffées d'abat-jour roses, quelques fleurs, tout un charme d'intimité, ramena le sourire sur leurs lèvres.

— Berthon, dit Madame Gordon-Hope à son maître d'hôtel qui lui présentait des petits radis taillés en boutons de roses, vous êtes un homme bien précieux et je me demande comment vous pouvez, avec si peu de temps devant vous, arriver à me donner tout cet aimable confort.

Le serviteur remercia avec un grave sourire.

Le dîner simple, mais excellent, remit en douce belle humeur ces deux êtres qui n'étaient jamais bien expansifs.

Le lendemain, la paresseuse femme se leva tard ; elle prit à la hâte une tasse de thé, après avoir très généreusement remercié la vieille hôtelière, elle commanda les voitures, et les voyageurs se remirent en route par une journée captivante et douce comme il y en a souvent à l'approche du printemps.

Madame Gordon-Hope voulut longer le lac de Neuchâtel, et les voyageurs eurent la chance de le voir éclairé par le coucher du soleil. La charmante femme fit remarquer à son fiancé le fantastique paysage qui se déroulait de l'autre côté de la rive allant au Jura.

Les grands sapins, au dur feuillage, se dressaient rudes et noirs sur le ciel rougeoyant, en silhouettes rigides, tels des juges de l'Inquisition. De grands arbres morts, tendaient leurs bras tordus.

— On dirait l'Enfer du Dante, murmura Gennaro.

— C'est grandiose et terrifiant.

Et l'Américaine s'enfonça dans les coussins de la limousine.

Arrivés à Lausanne, ils passèrent la nuit dans le magnifique hôtel du Lac, puis gagnèrent le lac de Genève par Vevey où ils firent étape. Cet adorable pays situé sur le lac de Genève, enthousiasma l'Américaine.

Elle resta trois jours dans cette ville, visitant les fabriques, achetant une dizaine de montres de toutes les formes, de tous les prix. Elle voulut même faire une provision de cigares. Mais Gennaro l'en dissuada. Enfin elle acheta une délicieuse villa dont les pelouses vertes se mouraient dans les eaux du lac.

— Si vous voulez, Gennaro, dit-elle amoureusement, en revenant de Rome, nous resterons ici quelque temps.

Et rentrés à l'hôtel, elle le pria d'aller avec Berthon, prendre le plan intérieur de la villa. Il fut décidé qu'on enverrait tous les meubles d'Italie ; elle s'étendit sur une chaise-longue pour attendre le retour du jeune homme et elle s'endormit, rêvant qu'elle faisait avec son nouvel époux de grandes randonnées dans les montagnes de la Savoie, qu'on entrevoyait du haut de la villa.

Après cette longue étape, les voyageurs reprirent leur route pour regagner le Simplon par la vallée du Rhône.

Ce voyage fut un enchantement, car rien n'est plus beau, plus émouvant, et parfois plus tragique que cette coulée du Rhône parmi les rocs, les plaines, les pics, les mélèzes, les sapins. Peu à peu la lourde limousine se mit à gémir, car la montée devenait rude.

La voyageuse poussa un cri d'admiration.

Le Simplon apparaissait, sa neige endiamantée par un pâle rayon de lune semblait un suaire magnifique déroulé sur un immense cimetière. Le spectacle était si impressionnant qu'il s'imposa aux voyageurs, et tous deux se surprirent le regard extatique les mains jointes pour la prière.

Ils remontèrent en voiture.

— C'est beau, Gennaro, vraiment beau. Cela nous transporte dans le Colorado. Nous irons, n'est-ce pas, par un soir doux comme celui-ci ; mon pays est si grandiose aussi.

— Oui, dit Gennaro tendrement, car il ressentait comme sa compagne cette impression de mystère infini dans lequel nous plongent les manifestations glorieuses du divin Créateur.

Du Simplon à Domodossola, la route est assez belle ; ils arrivèrent cependant un peu tard et il fut décidé qu'ils passeraient le reste de la nuit dans une modeste auberge qui se dressait toute blanche juste à l'entrée de la petite ville.

La chambre destinée à Madame Gordon-Hope fut transformée tout comme celle de la vallée d'Orbe et la charmante femme qui savait que le lendemain elle allait faire des heureux, s'endormit bercée par la divine charité. Gennaro, lui, s'enquit près de l'aubergiste, de la famille Torelli, et le brave homme la dépeignit comme une famille nécessiteuse et très honnête. Torelli était peintre ornementiste pour l'intérieur et l'extérieur des maisons. C'était un homme gai et bon, très dépensier quand il avait la bonne commande, très dépensier quand il n'en avait pas. Aussi sa femme et ses huit enfants se trouvèrent dépourvus après l'accident mortel du joyeux peintre qui, tombé de cinq mètres de haut en enjolivant la salle de la nouvelle mairie de Domodossola, mourut sans avoir repris connaissance. La femme maintenant, faisait les ménages de trois petites maisons bourgeoises et presque tous les enfants travaillaient.

Tous ces renseignements furent transmis à Madame Gordon-Hope après le thé du matin. Elle s'habilla aussi vivement que lui permettait le service réglé de Dinah et elle partit en compagnie de Gennaro. L'aubergiste prit place près du chauffeur pour lui indiquer le chemin. Ce service fut très apprécié par le jeune secrétaire, car l'auto dut faire quantité de circuits pour éviter les rues trop étroites et tortueuses.

Quand la limousine s'arrêta devant la maison des Torelli, toute la petite rue fut en émoi. Les bambins entouraient l'automobile, montaient sur le marchepied, frappaient aux carreaux, touchaient aux lanternes, etc., Paul Bourneuf le chauffeur, était fou de rage, et voulait renvoyer tout ce petit monde, mais sa colère amusait les italiens. Gennaro harangua la petite foule. Les phrases d'argot français débitées par le chauffeur, avaient mis en hilarité tout ce petit monde bariolé ; mais les reproches adressés dans leur langue par l'élégant secrétaire, calmèrent la fougueuse faconde du groupe.

L'américaine regarda curieusement cette petite maison sur laquelle étaient peints des bouquets de fleurs entourés de rinceaux plus ou moins fantaisistes. Cette maison qui abritait tant de misère semblait cependant joyeuse, car sous le beau ciel italien, la pauvreté est supportable. Le soleil n'est-il pas le plus généreux des bienfaiteurs ?

Quand Madame Torelli se fut rendu compte que cette voiture magnifique était arrêtée pour elle, rien ne put maîtriser sa joie bruyante.

Elle appela ses enfants, tourbillonnant sur elle-même, ne trouvant plus l'escalier, butant dans les meubles, criant, pleurant, chantant. Sa marmaille était accourue, moitié apeurée, moitié joyeuse ; il n'y en avait que cinq sur les huit, trois de ses gosses travaillant chez des artisans, deux jumeaux de quinze ans, chez un potier et un chez un maréchal-ferrant. Sur les cinq enfants présents, il y avait trois filles et deux garçons ; le plus jeune avait trois ans et était né quatre mois après la mort de son père. L'aînée des fillettes avait treize ans ; elle était svelte et gracieuse ; on retrouvait dans ses grands yeux pleins de curieux émoi le regard humble et timide de la Dominga.

Madame Torelli était maintenant devant la portière qu'elle tenait ouverte, et, dans un flot de paroles savoureuses, elle remerciait Madame Gordon-Hope de s'être arrêtée chez elle. Puis, écartant le fichu à fleurs qui se croisait sur son opulente poitrine, elle tira une dépêche que lui avait envoyée sa belle-sœur. L'aimable américaine sourit de ce sourire charmant qui lui gagnait immédiatement les sympathies. Gennaro l'aida à descendre d'auto et elle pénétra dans la maison.

La petite foule grouillante s'était écartée et maintenant parlait bas, avec des exclamations respectueuses et admiratives.

La Torelli avait envoyé un voisin chercher ses trois fils au travail. Assise inconfortablement sur une chaise mal rempaillée, la délicieuse Américaine se disait très bien installée et quand la fillette vint lui offrir sur une assiette à fleurs des bananes et une grenade, elle gourmanda vertement en anglais Dinah Foxwell, la sèche caméristе, qui avait repoussé la jeune fille avec mépris ; puis, elle prit une banane et sembla la manger avec délices, alors qu'en vérité elle n'aimait pas ce fruit ; puis ses yeux restèrent un instant fixés sur un vase placé sur un bahut.

— Qu'est-ce ? Voyez donc, Gennaro, ce vase est tout à fait charmant.

Le jeune secrétaire se leva, et après avoir sollicité d'un regard Madame Torelli, il prit le vase et le mit sur le petit guéridon, auprès de l'assiette aux fruits.

— Mais ce vase est ravissant et d'une grâce parfaite. D'où vient-il ?

La porte s'ouvrait en ce moment et, joyeuse et fière, la Torelli poussa devant l'américaine un bel enfant de seize ans.

— Le voilà, celui qui a fait le vase, le voilà ! criait la Torelli, rouge d'orgueil. C'est mon fils, Julio Torelli, qui est travaillant chez un potier ; et que le monde dit qu'il est oune artiste.

L'enfant avait levé les yeux sur Madame Gordon-Hope.

Une immense reconnaissance se lisait dans ce fier regard.

— Il est admirablement beau, dit en anglais, l'américaine et ce front me semble fait pour porter le diadème de la gloire. Oui, c'est un véritable artiste, car, plus j'examine cette poterie, plus je la trouve parfaite par la hardiesse des proportions qui n'en altèrent pas la grâce.

Alors, devenue sérieuse, Madame Gordon-Hope dit à la Torelli.

— Madame, voici cinq mille francs pour ce vase ravissant, je vous le confie, je viendrai le reprendre. Quant à votre fils, je vous demande la permission de m'intéresser à lui. Il sera, je crois, un très grand artiste, et je remercie Dieu de m'avoir amenée ici pour me confier un avenir.

Julio Torelli était tombé à genoux devant la séduisante et bonne créature, et les mains jointes, il murmura en italien.

— Graciosa, Madona, je baise tes pieds, je te devrai ma vie.

Quant à la Torelli, elle tournait et retournait dans ses mains les cinq billets de mille francs sur lesquels pleuvaient de grosses larmes.

Sa voix s'était étranglée dans sa gorge ; elle regardait ses huit enfants, et le cœur cassé d'émotion :

— Ah ! poveros ! poveros ! comme on va être heureux.

Au moment où Madame Gordon-Hope se préparait à partir, le curé entra. C'était un petit homme rond, joyeux. Il venait d'apprendre la visite de l'Américaine, et son admiration à la vue de la jolie poterie.

— Ah ! madame, que je suis heureux, dit-il de suite. On m'affirme que vous allez protéger mon filleul, Julio Torelli. Hélas ! Je ne suis qu'un pauvre curé mais j'aime les arts, et dès sa plus petite enfance, j'ai prédit à Julio une belle carrière d'artiste. Je ne pouvais rien par moi-même, mais les élus de Dieu ne restent jamais en arrière, et j'avais la certitude que la Providence viendrait ; et elle est venue sous la forme la plus charmante. Et je vous remercie, madame, dit-il, en se penchant sur la petite main blanche et potelée que lui tendait l'Américaine.

Il fut alors convenu que le brave curé recevrait une lettre avec les instructions nécessaires.

Le parrain déclara qu'il accompagnerait son filleul, pour le remettre lui-même entre les mains de sa bienfaitrice.

Gennaro prit l'adresse exacte du presbytère, puis il glissa mille francs entre les mains du curé disant tout bas en italien :

— Pour les pauvres de la paroisse.

Les voyageurs se mirent en route au milieu des hurrahs reconnaissants. La famille Torelli était à genoux sur l'étroit trottoir d'herbe.

Dans la voiture, l'Américaine serra les mains de Gennaro.

— Ah ! mon ami, comme le bonheur de ces pauvres gens ensoleille mon cœur.

— Oui, répondit Gennaro. Ils ne savent pas ce qu'ils perdent de minutes exquises ceux-là qui ne veulent pas donner… Et je ne parle pas pour ceux qui sont riches et avares ; non, je parle de ceux qui, avec une fleur, un sourire, une parole, peuvent illuminer une prison, sécher des larmes, faire naître l'espérance, et qui ne le font pas !

— Hélas ! je n'ai aucun mérite, je le sens bien, murmura avec une subite tristesse la charmante femme. Je n'ai aucun effort à faire, je ne me prive de rien ; il y a peut-être un peu d'égoïsme dans mon cas ; j'aime tant voir le bonheur rayonner autour de moi !!

Gennaro lui baisa tendrement les mains, murmurant :

— Divine !… Divine !

Visiter l'Italie en auto est un plaisir des dieux, car ce séduisant pays vous réserve sans cesse d'innombrables et admirables panoramas. Cependant, Madame Gordon-Hope refusa son admiration à Milan. Parme, Modène et Bologne lui plurent davantage. Elle avait hâte d'arriver à Florence, pour se reposer deux jours chez une de ses amies, petite Américaine originale qui vivait à Settignano dans une propriété poétique et reposante. L'amie de madame Gordon-Hope répondait au nom de Doudou. Elle était petite, blonde, agitée, spirituelle, spontanée. Elle fit à la milliardaire les honneurs de Florence.

— Je ne puis, dit-elle en plaisantant, vous présenter l'Arno ; l'aimable fleuve qui traverse Florence, est absent pour le moment.

En effet, il était complètement à sec, et les enfants, pieds nus, cherchaient à attraper de petits poissons dans des flaques qui, plus ou moins profondes, avaient gardé l'eau de l'infidèle Arno.

Conseillée par son amie Doudou, Madame Gordon acheta quelques très beaux marbres dont quelques-uns furent destinés au poétique jardin de la villa de Vevey, puis elle chargea sa gentille amie de lui choisir tout un mobilier pour cette nouvelle demeure.

Et Gennaro lui remit les plans intérieurs de la maison. Doudou battait des mains joyeusement, car elle adorait bibeloter.

— J'irai là-bas, my darling, et vous jure de créer dans ce coin charmant un nid digne d'abriter l'Amour lui-même.

La maison de Settignano est une espèce de vieux castel ayant des jardins, des terrasses, des labyrinthes de verdure, des bassins de marbre qui, les uns roses, d'autres blancs, des escaliers inattendus qui vous précipitent dans une charmille sombre ou sur un tertre de fleurs brillantes entouré de basses balustrades et sans cesse le front se heurte à un mur d'arbustes, ou bien le regard se perd dans l'infini. Ce coin était suggestif et troublant. Il devait y avoir des oubliettes cachées et des portes murées dans tout ce chaos de pierres et de verdure. Madame Gordon-Hope fit part à son amie de tous ces soupçons. Doudou riait et frissonnait tout à la fois. Elle aimait passionnément l'inconnu, l'irréel et, sans fanfaronnade et sans peur, elle rêvait dans cette sombre demeure les pires aventures, car, quoique ayant déjà passé la trentaine, elle attendait son Messie.

Accoudées toutes deux au balcon d'une des terrasses, le soir, Doudou montra, s'illuminant doucement, la petite maison habitée par le génial poète d'Annunzio.

C'était loin, très loin sur la colline, le mystérieux abri du fils des dieux. Tout autour, des sapins se dressaient, tels de sombres sentinelles, prêtes à défendre ce héros évocateur des plus belles années de la Renaissance. Oui, c'était loin et cependant les deux Américaines haletaient d'émotion.

Elles se remémorèrent des passages de ses beaux livres ; puis, la voix de Madame Gordon-Hope soupira, en italien, un des merveilleux sonnets du poète. Plus hardie, plus cérébrale, Doudou lança dans la nuit les vers amoureux et vibrants que la passion du poète pour la grande comédienne italienne lui avait inspirés. Et ces deux femmes, la jeune vieille fille et la veuve, évoquaient, l'une le regret de n'avoir pas connu la minute du grand mystère, l'autre, l'émoi d'un souvenir qu'estompait un nouvel espoir.

Un léger frisson secoua leur nuque.

— La brise est fraîche, murmura Doudou. Bonsoir.

Toutes deux avaient le désir de continuer leur rêve.

Madame Gordon-Hope quitta son amie avec mélancolie, mais la pensée d'arriver bientôt à Rome, fit renaître son aimable humeur et l'atmosphère enchantée de l'idéale Toscane la reprit toute entière.

— Que ce pays est beau, Gennaro,

Ils roulaient dans la délicieuse vallée de la Chiana qui, jadis pestilentielle est devenue grâce au génie de Fossombroni une des plus riantes et fécondes vallées de l'Italie.

Les voyageurs avaient formé le projet de dîner à Orvieto, mais cette petite ville morte et sans charme déplut à l'Américaine, qui décida qu'on dînerait à Rome.

Un télégramme fut envoyé à la princesse Borgheri, Américaine, mariée depuis peu, et intime amie de Madame Gordon-Hope.

Vers six heures, l'auto entrait dans Rome. Gennaro avait pâli. Rien n'échappe à une femme aimante.

— Ami, qu'avez-vous ?

— Je ressens une profonde émotion. N'est-ce pas à Rome que je dois connaître l'ineffable bonheur ?

C'est ici que je suis né, ici que j'ai souffert.

— Gennaro ! murmura la jeune femme.

Et elle posa sa main sur celle du jeune homme, la pressant doucement. Ce geste charmant était si plein de tendresse que Gennaro se pencha pour appuyer son front sur la douce main, messagère d'amour.

La limousine s'arrêtait devant la villa Raphaël.

La villa était située entre les Thermes de Dioclétien et la Porte San-Lorenzo.

La vue était magnifique et pleine de charme.

La Rolls-Royce entra dans le parc, et dès son arrêt fut immédiatement entourée par une nuée de serviteurs empressés, un peu bruyants, mais animés par le désir de plaire.

— Pourriez-vous, demanda de sa voix musicale, Madame Gordon-Hope, pourriez-vous téléphoner tout de suite à la princesse Borgheri que je suis arrivée.

— On téléphone en ce moment à madame la princesse, répondit en s'avançant un homme d'une cinquantaine d'années.

Puis il continua :

— J'ai été engagé comme maître d'hôtel pour le service de Madame, et…

Il resta incliné, attendant la réponse.

— Bien, merci. Comment vous nommez-vous ?

— Antonio Trinchero.

L'américaine avait monté quelques marches du large perron et elle regardait le parc magnifique, la longue allée ombreuse dans laquelle l'auto s'était engagée pour la conduire à cette nouvelle demeure. Le soleil couchant empourprait le sable fin et illuminait tout le parc, l'odeur grisante des orangers en fleurs, des roses thé qui tombaient mollement du haut de la terrasse couronnant le perron, tout ce charme pénétrant des effluves, de la nature surchauffée par le soleil, immobilisait son vouloir. Elle serait restée là souriante, anéantie, si Gennaro ne l'avait tirée de son rêve.

Elle se retourna et sa voix, devenue lointaine, murmura :

— Quelle sensation d'infini repos. Votre pays, Gennaro, semble créé pour le rêve et l'amour.

Le jeune homme s'approcha d'elle et tous deux montèrent lentement les marches du perron.

Le clakson d'une auto secoua leur torpeur et quelques secondes après la jeune princesse Borgheri embrassait tendrement sa grande amie Ève Gordon-Hope. Dix ans distançaient la naissance de ces deux femmes, mais leur amitié ne semblait pas s'en douter.

— Êtes-vous contente, Ève, de votre installation ?

— Je n'ai encore vu qu'une partie du parc, et ce grand Hall et je suis tout à fait charmée, mais…

Et son regard se portait sur Gennaro. La princesse avait compris.

— Signor Gennaro, mon mari vous offre l'hospitalité. Notre villa est à un quart d'heure d'ici.

Madame Gordon-Hope remercia la jeune femme. Antonio parut.

— À quelle heure Madame désire-t-elle dîner ?

— Ah ! mon Dieu, quelle heure est-il donc ?

— Sept heures et demie.

— Je ne serai jamais prête. Où est Dinah ?

Une porte s'ouvrit.

— Je suis là, dit la sèche petite anglaise. Le bain de Madame est prêt. C'est une femme de chambre française, attachée, paraît-il, au service de Madame, qui l'a préparé.

Et elle jeta un coup d'œil sournois à la princesse qui comprit et se mit à rire.

— Oui, Dinah, j'ai pris pour madame, une Française aimable et gaie. Vous portez trop avec vous vos brumes anglaises.

Dinah se retira.

— Eh bien, nous dînerons à huit heures un quart, n'est-ce pas, darling ? dit vivement la princesse.

— Oui, oui, je serai prête.

— À tout à l'heure. J'emmène Gennaro pour le présenter à mon mari et lui montrer son appartement et nous revenons tous deux dîner dans trois quarts d'heure.

Madame Gordon-Hope n'aimait pas se presser, aussi son visage consterné amusa beaucoup sa jeune amie dont le rire égrené se répercutait encore alors qu'elle prenait, avec Gennaro, place dans son auto.

La femme de chambre française était vive, alerte, charmante, cependant l'américaine se trouvait gênée par cette étrangère pour prendre son bain et Dinah fut appelée, la française, aidée d'une autre servante, vida les malles, rangea, avec une rapidité surprenante, le linge dans les tiroirs, les robes dans les larges armoires, les chapeaux sur les rayons, puis elle frappa discrètement à la porte de la salle de bains.

— Quelle robe madame veut-elle mettre ?

Dinah bondit, prête à ouvrir la porte pour répondre.

— Be quite, murmura madame Gordon-Hope.

Puis, tout haut :

— Je mettrai ma robe grise à petit décolleté.

— Ah ! bien, madame, je vois. Je vais la repasser.

À moitié étranglée de fureur, la voix de Dinah fit entendre :

— Qu'est-ce qu'elle a fait dans mes malles, cette Française ?

À huit heures un quart, la belle Américaine était habillée, coiffée, reposée. L'aimable femme était dans l'admiration de sa nouvelle caméristе. Habituée depuis son enfance aux femmes de chambre américaines ou anglaises qui ne font que juste ce qu'elles sont engagées à faire. Celle qui coiffe se refuse à coudre, celle qui repasse se refuse à coiffer, celle qui déjeune refuse de se déranger, sa maîtresse serait-elle en danger. Elle restait stupéfaite de l'habileté discrète, de la légèreté de touche de cette petite française, et quand elle apprit qu'elle parlait anglais, madame Gordon-Hope ne voulut plus du service de Dinah ; mais trop bonne et trop juste pour renvoyer cette fille qui, somme toute, n'avait rien fait, elle lui dit que désormais elle la priait de s'occuper spécialement de la lingerie et augmenta ses gages pour la consoler.

On ne parla, pendant le dîner, que du prochain mariage de Madame Gordon-Hope et de Gennaro Apostoli.

La princesse avait promis au jeune secrétaire d'aller avec lui chez son tuteur, le comte Cesare di Campini.

Et quand, vers les dix heures, le jeune homme prit congé de l'Américaine, tous deux accusèrent une légère émotion pour le bonheur que leur promettait l'avenir.

À son réveil, Madame Gordon-Hope trouva une dépêche de sa fille, lui disant :

« J'espère, ma chère maman, que cette dépêche vous trouvera en très bonne santé, et je souhaite que votre

villa se trouve être à votre goût. Moi je vais bien, et j'ai la joie de vous annoncer que Jacques de Touzan est hors de danger depuis hier. Le docteur Obissier dans lequel j'ai la plus grande confiance me l'a affirmé. Toutes mes fatigues, toutes mes tristesses, toutes mes craintes se sont envolées à cette affirmation, et votre fille espère à nouveau que la vie lui réserve du bonheur. Je baise tendrement vos mains, ma chère maman. Vous sourirez à cette appellation si peu américaine, mais elle est si joliment française.

— *Elly.* »

En effet, Madame Gordon-Hope avait souri ; un grand garçon ou une grande fille disant : Maman, semblent un peu ridicules aux États-Unis. Et cependant combien plus charmant, plus aimant est ce doux nom de Maman. Il évoque tout un passé de caresses, de câlineries, de responsabilités maternelles et d'idéales espérances ! Mais cette infinie délicatesse de sentiments appartient surtout aux races latines. Les Allemands aussi aiment et choient leurs enfants, mais ils les frappent et les humilient. Je trouve que le Paradis des enfants c'est la France, comme le paradis des femmes c'est l'Amérique.

L'aimable milliardaire était devenue la coqueluche de l'élégante société romaine. Au thé de la duchesse Francesca, une Française un peu collet-monté ayant critiqué avec aigreur le futur mariage de l'Américaine, une grande dame italienne, qu'aucun soupçon n'avait jamais effleurée, défendit ardemment Madame Gordon-Hope, disant :

— Je connais peu cette très charmante femme, mais je trouve que la franchise de son geste est plein de noblesse. Elle est encore jeune, elle est belle, elle est immensément riche, et aurait pu, comme tant d'autres que nous connaissons, garder son secrétaire en servage amoureux et déshonorant. Elle a apprécié les qualités morales et réelles de ce jeune homme et ne voulant pas s'abaisser dans une promiscuité sournoise, elle avoue son amour, et proclame, par sa conduite, la haute estime dans laquelle elle tient Gennaro Apostoli. Du reste, ajouta pour conclure l'aimable douairière romaine, l'amour réel rejette comme des scories les infimes considérations sociales qui veulent lui barrer la route, et l'amour a toujours raison.

Les mains aristocratiques de la duchesse furent baisées avec reconnaissance. Ce peuple charmeur, machiavélique, spirituel, se divinise quand il parle d'amour.

Madame Gordon-Hope venait d'entrer. Tous les cœurs se portèrent vers elle. La française avait disparu.

***

Quinze jours après, le mariage de Madame Gordon-Hope et du comte Gennaro di Campini était officiellement annoncé, et de grandes fêtes furent données en l'honneur des fiancés.

IX

Dans le petit hôtel de l'avenue Mozart, à Passy, le destin venait de piquer une épingle d'espoir dans le cœur d'Elly et les êtres et les choses renaissaient à la vie.

Jacques de Touzan, que le docteur avait déclaré hors de danger depuis une semaine, commençait à s'éveiller du long coma qui l'avait terrassé. Un soir que, penchée sur lui, la petite infirmière Lily Scorrer, épiait sa respiration, il ouvrit soudain les yeux et fixa le visage de la jeune fille.

— Comment vous nommez-vous, mademoiselle ?

— Lily Scorrer.

— Depuis quand êtes-vous ici ?

— Depuis le début de votre si cruelle maladie.

Ses lèvres allaient interroger à nouveau, mais la vieille Marthe venait d'entrer. Soupçonneuse, elle gronda :

— Pourquoi ne m'avez-vous pas appelée, puisqu'il est éveillé ?

— Allons, Marthe, ne grogne pas, je m'éveille à l'instant, et je priais Mademoiselle d'aller te chercher.

Ce petit mensonge calma la jalouse mais dévouée servante.

— Ah ! bien, vous allez prendre une cuillerée de bouillon. Allez chercher la petite tasse, elle est préparée à côté du fourneau.

La jeune fille se sentit heureuse de se soustraire à la curiosité du malade.

— D'où vient cette infirmière ?

— C'est le docteur qui l'a présentée. Elle est gentille, quoique un peu curieuse.

Le regard de Jacques devint interrogateur.

— Eh oui, elle me questionne toujours sur ce que vous faisiez, et elle aurait voulu savoir votre opinion sur cette jeune américaine blonde qui ne me revient pas, du reste.

— Et qu'est-ce que tu lui as répondu ?

— Oh ! je la rabroue ! Je crois qu'elle en pince pour vous, et puisque vous voilà en voie réelle de guérison, il faut qu'elle prenne la poudre d'escampette. Je l'ai assez vue, et je suffis bien maintenant.

— Je veux qu'elle reste encore quelques jours. C'est moi qui la remercierai et pas toi, tu m'entends.

Cette dernière phrase, prononcée avec autorité émut Marthe, qui, soudain adoucie, marmonna :

— C'est bon ! C'est bon !... On fera ce que vous voudrez. Soyez bien portant et la vieille Marthe sera heureuse.

Et une larme s'écrasa sur la main du malade qu'elle avait prise et qu'elle baisait dévotieusement.

Jacques, bouleversé, prit la grosse tête bourrue et l'embrassa.

— Excuse-moi, ma bonne Marthe, je suis un ingrat. Je te dois la vie et je te fais pleurer.

Mais elle ne pleurait plus, la dévouée créature. Sa figure rayonnait, et c'est avec douceur qu'elle prit la tasse des mains de l'infirmière qui venait d'entrer.

Jacques regardait à la dérobée la jeune fille aller et venir. La chambre était si peu éclairée qu'il l'entrevoyait à peine. Cependant, elle devinait que Jacques la suivait du regard ; elle en conçut une gêne intense, et perdant son sang-froid, elle buta contre un meuble.

— Ah ! vous êtes crevée de fatigue. Allez-vous reposer, la gosse, Monsieur va mieux, je le veillerai seule.

L'infirmière se passa la main sur le front et sembla s'éveiller.

— Si vous le voulez bien, madame Marthe, je vais passer la nuit chez moi. Je suis, en effet, un peu souffrante.

Et elle s'enfuit plutôt qu'elle ne sortit.

Jacques battit des paupières et ferma les yeux pour rester seul avec les pensées diverses qui l'assaillaient.

Il était dix heures du soir quand Elly rentra au Majestic Hôtel. On l'attendait chaque soir jusqu'à onze heures.

— Vite, vite, un bain, Marion.

Et, nerveuse, elle ouvrit son courrier.

— Ah ! s'écria-t-elle, le mariage de ma mère est annoncé pour le 25 Mai.

Dominga, que sa jeune maîtresse avait éveillée par sa venue, et qui était restée dolente et somnolente, bondit vers Elly.

— Comment ? Redites ?

— Mais oui, mais oui, disait joyeuse, la jeune Américaine, pour le 25 Mai.

— Madame épouse le signor Gennaro ?

— Oui, qui est comte di Campini. C'est-à-dire qu'il a été reconnu par son père Cesare di Campini.

La nourrice croisait les mains, les décroisait, les recroisait. Elle était saisie d'admiration, d'étonnement et remerciait Dieu qui avait conduit et voulu cela.

Mademoiselle de Saulowa, vieille fille de bonne famille, sans fortune, se dit que semblable bonheur ne viendrait pas à une française noble et elle murmura une condoléance plutôt qu'un souhait.

Elly passa une très bonne nuit. Ses beaux cheveux blonds emprisonnés sous la perruque noire, prenaient leur revanche, éparpillés autour de sa tête. Son visage avait un peu pâli, ce qui lui donnait plus de mystère.

À sept heures du matin, elle quitta Majestic Hôtel et son auto l'arrêta dans une des rues avoisinant l'avenue Mozart. Marthe, qui la guettait, la vit rentrer à pied, enveloppée de sa cape de laine noire.

Jacques de Touzan dormait encore, le docteur lui ayant fait prendre un très doux soporifique pour calmer l'agitation qu'il avait constatée après le départ de la jeune fille.

Marthe lui dit que la nuit avait été très calme. Il avait rêvé tout haut et avait dit — oh ! elle avait bien entendu : — Vous mentez, jolie jolie !...

Lily Scorrer feignit de rattacher le nœud de son soulier pour cacher la rougeur subite qui avait empourpré son visage.

— Ah ! reprit Marthe, qui semblait, ce jour-là plus verbeuse, il a voulu que je mette son lit tout près de la fenêtre. Je l'ai fait, le docteur a un peu grondé, mais comme Monsieur Jacques insistait beaucoup, il m'a dit de le laisser.

L'instinct de la petite infirmière l'avertissait de se tenir en garde.

Quand Jacques s'éveilla, il était neuf heures. Les rideaux fermés laissaient la chambre dans une douce pénombre, le jeune homme se souleva silencieusement et regarda la petite Américaine qui, enfoncée dans un fauteuil bas, lisait. Il ne voyait que le petit profil indécis, les lourds bandeaux noirs et le chignon très bas, sur la nuque. Son regard se fixa, attentif, étonné, sur la longue main fine qui tenait le livre ; cette main étroite, aux doigts fuselés, aux petits ongles bombés, il la connaissait cette main. Le regard volontaire et chercheur hypnotisait Lily Scorrer qui se retourna vivement, comme attirée par une force psychique, cette force l'enveloppait en ce moment. Le beau visage du jeune homme était rigide. Ses paupières soulevées sur son regard perplexe avaient une immobilité impressionnante, elles ne battaient pas, elles semblaient immuables. La petite infirmière s'était dressée d'une pièce, le livre s'était échappé de ses mains, un jet de lumière brutale, ensoleillée venait de pénétrer dans la chambre. Jacques de Touzan avait tiré le rideau de la fenêtre.

— Vous ! s'écria-t-il. Vous !

Mais ses forces le trahirent. Sa tête retomba sur l'oreiller. Affolée, la malheureuse enfant se précipita vers le lit. Elle souleva cette tête adorée, devenue si pesante pour ses mains fragiles.

— Marthe, Madame Marthe, venez vite, implorait-elle, venez, venez vite.

La vieille servante, frappée par cette clarté subite à laquelle ses yeux n'étaient plus habitués, resta une seconde ahurie, mais voyant son cher malade incolore, la tête renversée.

— Bon Dieu ! qu'est-ce ? Pourquoi cette lumière ?

— Il a tiré brusquement les rideaux et s'est évanoui.

— Ah ! voilà ! Voilà ! le docteur avait raison de ne pas vouloir que…

Et d'une vigoureuse poussée, elle remit le lit en place.

— Bien sûr ! Il est si faible ; la lumière l'a heurté. J'ai failli tomber moi-même en entrant ici, tellement qu'il m'a aveuglée cet idiot de soleil.

— Oh ! les malades ! voilà ! dès qu'ils sont mieux, ils ont des idées !

La jeune fille tenait un petit flacon qu'elle faisait respirer au jeune homme, pendant que Marthe, bougonnante, lui frottait rudement les tempes, les oreilles et la poitrine avec de l'eau de Cologne.

Quant à la petite Américaine, elle ne savait que penser. Qui avait-il reconnu ? Elly ou Lily ? Le sang affluait à son cœur avec une telle violence, qu'elle dut le comprimer de ses deux mains.

Marthe, voyant qu'elle ne l'aidait plus, leva la tête.

— Eh bien, la gosse, vous allez pas tourner de l'œil aussi ! Ah ! non, pas ça !… Asseyez-vous ! En v'là du raffût !

La jeune fille se laissa tomber sur le petit pouf !

— Je m'attendais si peu !… Il allait si bien hier !… et puis, il est devenu si pâle !… Enfin, je vous demande pardon, Madame Marthe.

— C'est bon ! c'est bon ! Faudrait pas croire que vous l'aimez plus que moi, ni même autant ! Tenez, le v'là qui revient avec nous ! Eh bien ! monsieur, en v'là des façons de quitter la compagnie !

Jacques, encore un peu lointain reprit contact avec sa volonté et, regarda l'infirmière.

— Que m'est-il arrivé, mademoiselle ?

— C'est, répondit vivement Marthe, un peu jalouse, que vous avez tiré le rideau de la fenêtre et que le jour vous a flanqué une claque un peu forte.

Le malade se remémora le fait, et il se mit à rire de ce rire qui annonce le retour à la vie, chez tous les grands malades.

La pauvre vieille servante croisa les bras sur son ventre qui leur servait souvent de reposoir et, extatique, elle s'écria :

— Que le bon Dieu est un brave homme ! Je vais vous chercher une tasse de bouillon.

Et elle sortit.

Alors, Jacques de Touzan, après avoir jeté un regard vers la porte, se dressa, et, appuyé sur ses deux mains, pour se tenir plus droit, il regarda la jeune fille d'un œil intensif et murmura :

— Vous… c'est vous !

Mais la porte s'était ouverte à nouveau, donnant passage à la dévouée servante qui, radieuse, apportait le réconfortant.

Elly se demandait quel était le réel sens de ce « Vous ! c'est vous ! » L'avait-il reconnue, elle, ou la chevelure brune lui avait-elle évoqué l'inconnue de chez Bonvallet ? Elle ne pouvait formuler une réponse pour aucune de ces hypothèses.

Marthe lui faisait boire à petites gorgées le liquide bouillant.

— Après cela, vous allez bien vous reposer, notre cher maître, n'est-ce pas ?

— J'ébaucherais volontiers un désir, mais ce serait peut-être abuser de Mademoiselle… Mademoiselle ? Comment vous nommez-vous ? Je ne me souviens plus.

— Lily Scorrer, répondit hésitante la nurse. Puis, devenue combative en face du danger :

— Ne redoutez pas de fatiguer ma bonne volonté, Monsieur. Je serais si heureuse de me sentir nécessaire, ne fût-ce qu'un instant.

— Eh bien ! voilà. Je vous demande de me faire un peu de lecture. Pendant ce temps, je me tiendrai paisible et coi comme tu le veux, ma bonne Marthe.

Marthe, rieuse, ajouta :

— Et puis ça vous endormira, et c'est ce qu'il faut. Asseyez-vous là, la gosse, moi pendant ce temps, je vas faire mon ouvrage et préparer le ravitaillement de la maison ; car j'espère que bientôt je vais cuisiner en l'honneur de votre convalescence, quèque bon plat que vous aimez. Ah ! que j'aime le bon Dieu ! qu'il est brave !

Et ces mots, dans la bouche de cette dévouée créature, n'avaient rien d'impertinent, car son cœur reconnaissant chantait dans cette phrase vulgaire, tout un hosannah.

Ils étaient seuls.

Jacques, le visage animé, resta un instant silencieux, et quand il eut entendu s'éloigner Marthe, sa voix émue balbutia :

— C'est vous… ma petite amie de chez Bonvallet.

Elly respira… Elle prit, par contenance, le livre qu'elle avait laissé tomber lors du coup théâtral du rideau et permit à Lily de répondre :

— Oui, c'est moi ! Je suis heureuse d'apprendre que vous ne m'avez pas tout à fait oubliée.

— Mais, je n'ai cessé de penser à vous, je vous ai cherchée partout.

Elle sourit.

— Pourquoi ce joli sourire un peu ironique ?

— Parce que… parce que Marthe m'a parlé d'une américaine… qu'elle ne trouve pas jolie, du reste.

— Comment, pas jolie… mais c'est tout votre portrait.

— Ah ! je la croyais blonde !

— Oui, c'est vrai, sa tête charmante est couronnée de légers cheveux dorés.

— Oh ! c'est bien plus joli que mes lourds cheveux noirs !

Jacques la regardait sans répondre. Le cœur d'Elly s'était arrêté, inquiet sur ce qu'il allait dire.

Elle était jalouse de sa brune rivale.

Jacques murmura comme malgré lui :

— C'est vrai que cette auréole dorée encadrerait mieux votre joli visage.

Le petit cœur inquiet bondit de joie et les joues de la jeune fille devinrent toutes roses.

— Marthe prétend qu'elle vous aime.

Il y eut un silence.

— Et vous, l'aimez-vous ?

— Oui, je l'aime.

Elly faillit se trahir, tant elle se sentait heureuse.

Et Jacques reprit :

— Vous aussi, je vous aime.

— Hélas, moi, je ne suis qu'une humble fille bien inférieure au grand romancier Jacques de Touzan.

— Qui êtes-vous ?

— Une pauvre petite anglaise, fille d'un mineur de Manchester.

— Cependant, Lily, je me souviens de vous avoir entendue parler et même discuter d'œuvres sérieuses, ne faisant pas partie généralement des études imposées aux classes ouvrières.

— J'ai été en partie élevée par une marraine très riche.

— Vous a-t-elle donc abandonnée ?

— Non, elle est morte.

Mais comme la jeune fille n'avait pas prévu cet interrogatoire, elle le coupa net.

— Je vous en prie, Monsieur de Touzan, ne parlons plus jamais de ma vie passée. Cela me torture, et je suis décidée à ne plus vous répondre.

Le jeune homme resta stupéfait, car la petite nurse avait prononcé ces mots avec une telle autorité qu'il comprit qu'il ne devait pas insister.

— Mais je vous aime.

— L'autre aussi, vous l'aimez.

— Oui, parce qu'elle vous ressemble.

— Mais elle est de votre monde, elle !

— Lily, vous avez lu mes livres, donc vous savez que le monde c'est l'humanité toute entière. Je n'admets d'autre classement des êtres que celui des bons et celui des méchants ! Qu'ils soient beaux, riches ou puissants, je méprise et je hais les méchants. La bonté est le plus précieux don fait à l'homme.

Elle le regardait avec un profond attendrissement. Elle se remémorait le bal des Gens de Maison. Avec quelle bonté il lui avait parlé. Et elle murmura comme malgré elle.

— Vous, Jacques de Touzan, vous avez ce don précieux.

— Hélas, non ! Pas comme je voudrais. Je ne suis bon que par raison, jamais de premier mouvement.

— Cependant, quand vous êtes venu à moi, dans le restaurant ?

— J'ai agi par curiosité d'abord ; vous étiez si « tout autre » au milieu de ces gens !

Le convalescent avait pris la main d'Elly, qui tressaillit.

— Il faudra que vous ayez confiance en moi, Lily. Je dois tout savoir de votre vie ; je ne vous demanderai rien aujourd'hui, mais un jour, il faudra me répondre.

Le domestique entra.

— On demande mademoiselle à l'appareil.

Et la malheureuse enfant, qui se sentait prise à son propre piège, disparut, telle une hirondelle entrée par mégarde dans une chambre s'envole éperdument par la porte ouverte.

Ce mouvement de délivrance n'échappa pas à Jacques.

Auguste exprima à son maître la joie de le voir enfin hors de danger, et montrant, par un signe de tête la porte par laquelle la petite nurse avait disparu :

— Elle a été rudement gentille, cette petite anglaise, et dévouée, et silencieuse, et patiente avec la vieille Marthe qui, dans le commencement, la traitait comme un chien. Et puis, vous savez, monsieur, rudement sage. J'ai essayé plus d'une fois de lui parler, elle ne veut rien savoir. Aussi, quand monsieur sera tout à fait bien, je lui demanderai de me donner un coup d'épaule, car je suis féru de cette petite… J'en ferais bien ma femme.

Un bolide tombant au milieu de la chambre aurait moins bouleversé le pauvre convalescent que cette confidence inattendue. Il se laissa choir au milieu de ses oreillers.

— Bien, bien, Auguste, je suis fatigué, laissez-moi, je n'ai besoin de rien.

Et comme le serviteur se retirait doucement, Lily Scorrer entra.

— C'est Mademoiselle Gordon-Hope qui demandait de vos nouvelles ; et quand je lui ai appris que peut-être vous vous lèveriez dans cinq jours, ainsi que l'a dit le docteur à Marthe, elle a poussé un cri de joie et m'a dit ces mots qu'elle m'a fait répéter plusieurs fois :

— Dites à Monsieur de Touzan que dans cinq jours j'aurai la joie d'aller une minute une seule minute près de lui.

— Ah ! « Joli Sosie » veut venir ! Je serai heureux, très heureux de la voir. Oui, mais vous aussi, vous êtes « Joli Sosie » et c'est ainsi que je vous nommerai désormais.

— Comme elle ?

— Comme elle !

Les docteurs Obissier et son confrère venaient d'être introduits près du malade.

Leur diagnostic fut excellent.

— Allons, mon brave enfant, dit le docteur Obissier qui avait mis Jacques au monde, vous voilà tout à fait guéri. Le Dr Morène et moi, vous permettons de vous lever dans cinq jours, mais il ne faudra pas veiller plus tard que neuf heures. Voyons, voyons, dit-il en ajustant son lorgnon, pour consulter son agenda, nous sommes aujourd'hui lundi, ça sera donc pour samedi.

Marthe bougonna :

— Mais alors, ça fait six jours.

— Lundi ne compte pas, reprit le docteur, et puis, voyons, Marthe, vous qui êtes si superstitieuse, vous ne voudriez pas que votre maître essayât ses premiers pas de convalescence un vendredi.

— C'est tout de même vrai que ça serait vendredi, dit la vieille femme en se signant. Ah ! j'ai décidément une lotte de tinette.

Jacques se renversa dans les coussins, pris de rire, en voyant la tête effarée du Docteur Morène.

— Tête de linotte, Marthe, oui, mon cher docteur, oui, je suis habitué, moi, aux contre-petterie de Marthe quand elle est joyeuse.

Et comme le docteur s'esclaffait, la figure de Marthe s'illumina.

— V'là que vous riez tous, à c't'heure. Ah ! qu'ça fait du bien !

Et elle éclata de son gros rire qui se répercuta dans le petit hôtel, morne depuis tant de jours.

— Alors, ce sera pour samedi. Et qu'est-ce qu'il mangera ?

— Nous vous dirons cela demain.

— Oh ! oui, mais je veux le savoir d'avance, parce que, ce jour-là, on mettra les petits plats dans les grands et je ferai faire ripaille à la cuisine, parce que tous les domestiques sont comme fous de joie.

Se tournant vers la petite nurse, Obissier lui dit :

— Si vous voulez venir soigner une vieille dame très malade, venez me voir demain matin, nous arrangerons cela. Ce gars-là n'a plus besoin de vos soins, lesquels, je suis heureux de le dire, ont été donnés avec une bonne grâce, une discrétion et une intelligence rares. Aussi je vous promets que nous ne vous oublierons pas mon confrère et moi.

Il serra la main de la jeune fille, et la sentant si fine et si menue :

— Sapristi ! Quelle petite main aristocratique !… Avez-vous vu, mon cher ? Et dire qu'elle a servi aux plus désagréables besognes !

Jacques rougit imperceptiblement. Par deux fois son amour était blessé. D'abord par la confidence de son domestique qui se faisait, sans s'en douter, le rival de son maître ! Et maintenant, la phrase du docteur Obissier évoquait toute une série d'humiliants services, qu'avait dû lui rendre la petite nurse, alors qu'il n'était qu'un pauvre malade inconscient.

Il se surprit en méchante humeur contre la jeune fille. Son visage s'empourpra d'une honte rétrospective.

Alors, la silhouette élégante de la blonde Elly se dressa devant lui. Jamais aucun propos choquant ne l'avait effleurée, la petite milliardaire, ses jolies mains, semblables à celles de Lily Scorrer étaient pures de toute souillure.

Quand la nurse qui avait accompagné les docteurs revint dans la chambre, elle remarqua le visage durci de Jacques. Ses yeux étaient fermés, mais elle les devinait voyant. C'était vrai, il la regardait anxieux quelle part elle avait pris dans les soins qui lui avaient été donnés. Il savait quelle loque devient le corps humain transi par la fièvre. Il savait que cette grippe s'était installée maîtresse dans ses poumons, ses intestins. Pendant quinze jours il avait été inerte, écrasé et il tressaillit d'horreur et de honte une larme s'accrocha à ses cils.

— Ah ! quel orgueil est le nôtre quand la santé nous laisse toutes nos facultés, mais dans quelle détresse nous plonge l'inanité de notre vouloir !

Lily s'était approchée. Il ne bougea pas. Alors elle s'installa silencieusement près de lui, tenant sa main.

Il la serra doucement, puis soudain la repoussa durement, énervé, il pleura, mordant ses oreillers pour étouffer ses sanglots.

La petite nurse, consternée, cherchait à comprendre. Cependant, elle ne fit aucune question, aucun mouvement ; elle était bouleversée, mais silencieuse. Épuisé, Jacques s'endormit.

— Pourquoi ces larmes, se demanda Elly. N'aime-t-il plus mon sosie ? ou l'aime-t-il moins ? Et si cela est, pourquoi ?

Et sa pensée chevaucha, prenant le doute en croupe.

— Il préfère mes cheveux d'or, mais ma fortune l'effraie. Monsieur d'Hervais me l'a dit, aussi il essaie de m'écraser avec mon ombre. Il se sent, avec Lily pauvre, maître d'une destinée. Il peut recréer un être, il reste fidèle à ses doctrines. Après avoir proclamé son amour de l'humanité, il veut en donner une démonstration évidente et toute à son honneur.

Et les yeux d'Elly s'obscurcirent de larmes qui n'avaient rien de douloureux.

Elle s'abandonnait à son amour, et, plus il lui semblait être délaissée, plus elle aimait cet homme, qui était réellement ce qu'il paraissait être.

Tant de déceptions avaient découragé ses admirations impulsives, tant de poètes qu'elle avait voulu connaître après avoir lu leurs livres, l'avaient désenchantée, tant de politiciens aux discours patriotiques qui l'avaient transportée, s'étaient désagrégés dans un de ces grands dîners offerts par sa mère ! Et elle pensait à ces philanthropes qui voulant créer avec l'aide de Madame Gordon-Hope, une œuvre charitable, demandaient d'abord pour eux un revenu considérable…

Un sourire éclaira son visage au souvenir de ce terrible socialiste chez lequel elle était allée avec sa mère prendre le thé dans une petite maison de campagne. Il s'agissait de fonder un réfectoire toujours ouvert pour ceux qui avaient faim.

— Chacun, s'écria-t-il, dans le jardin où l'on s'était réuni, chacun a droit à la vie, au bonheur, au ciel bleu, aux fleurs, au bien-être. Chacun… Ah ! le gredin, qu'est-ce qu'il fait là ?

Et, rouge de colère, il se précipita dehors.

Des cris navrants de : « Grâce ! ne le ferai plus… », se faisaient entendre.

Elly était sortie avec quelques personnes.

Et on eut grand-peine à calmer cette brute… qui frappait un enfant de six ans, coupable d'avoir arraché des roses à travers la grille du jardin du farouche socialiste.

Brusquement, le cours de ses pensées fut interrompu. Jacques prononçait en dormant quelques phrases.

Elle ne put saisir que ces mots :

— Samedi 5 heures.

Les paillettes d'or des yeux couleur noisette semblèrent éclairer la chambre.

— Oui, oui, c'est à moi qu'il pense, c'est à moi, Elly, le Sosie aux cheveux blonds.

Et l'âme de la jeune fille vibra à l'unisson de son cœur.

— Ah ! Jacques que je vous aime.

Et, flexible et chaste, elle se pencha vers le jeune homme et effleura ses lèvres.

Puis rougissante elle sortit, effrayée de ce qu'elle avait osé. Jacques se souleva, frémissant. Non, non, il n'avait pas rêvé. Et il regarda par toute la chambre. Marthe parut au premier coup de sonnette.

— Marthe, Marthe, où est la petite nurse ?

— Ben, je la croyais ici.

— Va la chercher.

Un moment s'écoula. Marthe revint interloquée.

— Elle n'est nulle part. Personne ne l'a vue partir.

— Mais est-elle partie ?

— Oh ! sûrement son chapeau, son manteau ont disparu.

— Depuis quand ?

— Je ne sais pas.

— Vous n'avez pas eu d'histoire avec elle ?

— Non. Laisse-moi tranquille... Partie !... Elle est partie !... Mais ce baiser sur mes lèvres... C'est elle, j'en suis sûr... et pourtant... elle si timide !... Ah ! je saurai... je saurai !...

X

Jacques était en pleine convalescence… Il allait se lever pour la première fois le lendemain samedi. La petite nurse semblait plus enjouée que de coutume. Elle regardait sans cesse le beau visage un peu émacié du jeune écrivain.

— Comme vous semblez joyeuse aujourd'hui, Miss Lily ?

— Je le suis en effet.

— Pourquoi ?

— Demain, vous reprendrez tout à fait contact avec la vie et…

— Et… insista Jacques.

— Et avec l'amour… Car Mademoiselle Gordon-Hope doit venir à 5 heures.

Il y eut un court silence.

— Vous verrez comme elle est charmante aussi.

— Moi, je ne la verrai pas, car je ne viendrai pas.

Jacques sursauta.

— Vous ne viendrez pas demain ?

— Mais non, répliqua dans un doux rire la petite nurse, mais non, monsieur mon ami ; vous êtes guéri, je n'ai plus rien à faire ici. Je vous ferai mes adieux ce soir.

— C'est impossible, ma chère petite Lily, c'est impossible ; je ne veux plus renoncer à vous voir. Je vous ai retrouvée, je vous garde.

Alors, la jeune fille vint lentement vers le lit.

— Que voulez-vous faire de moi, Monsieur de Touzan ?

Un coup de massue sur le crâne n'eût pas désemparé le jeune homme plus sûrement que cette courte phrase prononcée d'une voix nette, avec un accent un peu volontaire.

— Lily, je vous aime, je vous ai cherchée et attendue depuis de longs mois.

— Eh bien, je suis venue, me voilà !... que voulez-vous faire de moi ?

Jacques de Touzan resta perplexe, prit la main de la jeune fille, et d'une voix grave :

— Je n'ai pas fixé ma pensée, Lily, au-delà du charme infini que j'éprouve en votre présence. Tous ces jours, toutes ces heures passées dans une intimité un peu familiale, n'ont pas évoqué l'amour. Trop de petits faits matériels ont troublé l'ambiance du roman commencé. Vous savez que j'aime la délicieuse enfant que vous êtes.

— Oui, mais vous aimez aussi mademoiselle Gordon-Hope.

Jacques, la tête dans ses deux mains, restait à bout de raisonnement. Il ne voulait pas renoncer à voir Lily Scorrer, et il ne pensait qu'à la joie de revoir le lendemain Elly, la petite américaine. Son regard angoissé demanda grâce. La nurse comprit tout ce qui se passait dans le cœur de son ami, elle devina le combat qui se livrait dans son cerveau, et craignant de provoquer un accès de fièvre, elle dit joliment :

— Je reviendrai, demain, quand ma rivale sera partie.

Dans un élan, il baisa la petite main aristocratique, mais soudain les paroles du docteur :

— Ces petites mains ont pourtant fait les pires besognes, lui revinrent en mémoire.

Auguste entra, apportant des lettres, et le regard de convoitise brutale qu'il jeta sur la nurse anglaise blessa Jacques et dépoétisa pour la seconde fois sa petite amie. Le regard de Lily pesait sur lui, car il le sentait supérieur à lui-même ce regard. C'était lui, Jacques de Touzan, le romancier psychologue profondément humain qui, en ce moment battait en retraite devant une humble enfant de vingt ans.

Pendant une seconde, il prit en haine son cher petit rêve.

Auguste annonça monsieur François d'Hervais.

Ce fut un soulagement pour le pauvre convalescent. Lily se retira vivement dans l'ombre de la chambre et sortit, pas assez vite, cependant, car l'attaché d'ambassade avait eu le temps d'entrevoir le visage de la nurse.

— Ah ! c'est incroyable ce qu'elle ressemble…

Jacques l'interrompit.

— À Elly Gordon ?

— Oui.

— Eh bien, voilà le dénouement de l'histoire que je t'ai racontée.

Et comme d'Hervais levait sur lui des yeux interrogateurs :

— Oui, ma rencontre chez Bonvallet.

— Ah ! j'y suis ! le bal des Gens de Maison ? Comment, c'est ta petite princesse lointaine ?

— Oui. Quand j'ai commencé à reprendre vie, c'est son doux visage qui m'est apparu et j'ai appris alors qu'elle était garde-malade et que le hasard l'avait amenée près de mon chevet, ignorant qui elle allait soigner.

— Un roman à faire.

— Non, cela me touche de trop près.

— Alors tu aimes une jeune fille en deux parties. Une brune, car celle-là m'a semblé brune, très brune ; une blonde, une milliardaire et une pauvre petite infirmière. C'est très amusant. Mais laquelle préfères-tu ?

— Aucune et toutes deux ! mais la tare de chacune me blesse.

— Quelles tares ?

— Elly est milliardaire et Lily est servante.

— La tare de Mademoiselle Gordon-Hope me paraît facile à effacer. Quant à celle de Lily, elle disparaîtra si tu l'épouses.

— Oui, mais j'aime le luxe fou qui enveloppe Elly, la couverture en zibeline de deux cents mille francs, me semble à peine assez belle pour couvrir ses pieds aux chevilles si frêles, le collier de perles de trois millions qui enserre son cou charmant me semble le joyau nécessaire à faire triompher sa chair plus nacrée que les perles, les magnifiques dentelles anciennes dans lesquelles elle plonge sa petite tête auréolée, tout ce luxe fou qui l'entoure, toutes les fleurs rares qu'elle aime à la folie et dont les gerbes discrètes ou flamboyantes embaument et illuminent l'atmosphère qu'elle respire, tout cela fait partie d'elle-même. C'est une petite reine d'Orient que j'aime et qui m'aime peut-être.

— Mais alors, mon ami Jacques, je ne vois pas qu'il y ait place pour Mademoiselle Lily.

— Oh ! mon pauvre Henri, ma chair est sortie triomphante d'une atroce et stupide maladie, mais mon être moral est en proie à une crise qui touche à la folie. J'aime aussi la petite servante et avec une égale ferveur ; j'aime son isolement, sa pauvreté, sa confiance en moi, son esprit délicat et sûr, son besoin de protection. J'adore son sourire qui me semble plus doux que celui d'Elly. Comme la petite américaine, elle a les mains longues et souples. Ses lourds cheveux bruns peuvent soutenir la comparaison des légères boucles blondes ; et puis, si elle devient ma femme, elle me devra tout. Je reste le mâle. Quant à Elly, si elle m'aime assez pour renoncer à sa fortune…

D'Hervais protesta :

— Non, je ne veux pas l'épouser milliardaire. Et si elle m'aime assez pour me faire le sacrifice de sa fortune, ne le regrettera-t-elle pas un jour ?

— Oui, ton cas est assez curieux. Dommage que tu ne puisses les épouser toutes deux.

— Oh ! les lois sociales sont mal faites.

Henri d'Hervais sourit à cette boutade.

— Tu nous expliqueras pourquoi dans un de tes romans.

Jacques ayant sonné, Marthe entra.

— Bonjour Monsieur d'Hervais. Comment vous le trouvez ? Il est bien vieux, hein ?

— Merci, Marthe, pour ton compliment, mais je pense que tu as voulu dire : bien mieux.

— Prie Mademoiselle Lily Scorrer de venir.

— Ah ! elle est partie.

Jacques pâlit.

— Elle n'a rien dit ?

— Si, elle a dit qu'elle reviendrait samedi soir après votre Américaine.

— Il n'y a personne dans le salon ? On entend causer.

— Je venais vous les annoncer quand vous avez sonné. C'est Monsieur Pierre Loto qui cause avec le lieutenant de vessie, votre cousin.

D'Hervais éclata de rire.

— Ah ! ma bonne Marthe, si je tombe malade, je viendrai me faire soigner ici, vos délicieux lapsus réveilleraient un mourant.

— Fais entrer monsieur Pierre Loti et le lieutenant de vaisseau, mon jeune cousin Fombard.

Et se tournant vers le comte d'Hervais : qui vient d'être promu au grade de lieutenant.

Les deux hommes venaient d'entrer.

Pierre Loti, le merveilleux écrivain, embrassa son ami Jacques de Touzan. Il venait de débarquer et avait appris en même temps et la maladie et la guérison du romancier.

Jacques lui dit le lapsus de Marthe et il se mit à rire, de ce rire discret qui, plaire à sa façon de parler fait de lui un mystérieux charmeur.

Louis Fombard était un bel adolescent de vingt-quatre ans, rêveur comme le sont les fiancés de la mer.

Il venait dire adieu à Jacques, car il s'embarquait le surlendemain pour Aden.

— C'est un rude voyage, exclama d'Hervais.

— C'est surtout un rude stage, répondit Loti, mais réjouissez-vous, Fombard, car après ce stage dans la mer Rouge, tous les autres climats vous sembleront délicieux.

Auguste était entré.

— Mademoiselle Gordon-Hope demande si elle peut réellement venir demain, monsieur ?

D'Hervais s'était levé.

— Est-ce mademoiselle Gordon-Hope qui est à l'appareil ?

— Oui, monsieur le comte.

Jacques arrêta le diplomate qui se préparait à aller téléphoner.

— Dis-lui que je l'attends avec impatience et que je suis tout à fait bien.

Quand d'Hervais revint, les deux officiers prirent congé de Jacques qui interrogea Henri.

— Que t'a-t-elle dit ? demanda Jacques. Avait-elle l'air heureux ? Est-ce qu'elle m'eût regretté si j'étais mort ?

— Mais mon pauvre vieux, je crois que ta petite reine orientale s'impose beaucoup plus dans ton cœur que la douce esclave que j'ai entrevue tout à l'heure.

— Oui, tu as raison. En ce moment, c'est elle qui chante en moi. Ses cheveux rayonnants vont illuminer cette chambre. Son parfum délicat restera dans l'atmosphère. Oui, tu as raison, c'est elle que j'aime, ses jolies mains ne se sont pas prêtées aux pires besognes.

— Qu'en sais-tu ? Elle a soigné les blessés pendant la guerre.

— Oui, mais elle était major, elle commandait plutôt qu'elle n'agissait.

— Ce n'est pas ce que m'a dit sa mère... Comprenez-vous, – ce sont les paroles textuelles de madame Gordon-Hope que je répète – comprenez-vous que ma fille, qui pouvait commander, a voulu servir comme simple infirmière, et s'est complue aux plus repoussants services.

Alors les deux images aimées prirent ensemble possession de Jacques. Toutes deux lui tendirent des mains préraphaéliques, mais souillées ; toutes deux souriaient avec ironie, la blonde Américaine, vêtue en nurse, la brune Anglaise enveloppée de dentelles.

— Ah ! s'écria-t-il, ce double amour me rendra fou !

Et il passa violemment la main sur son front en moiteur.

— Je crois, Jacques, que tu feras bien de prendre un parti ; le cerveau humain ne se prête pas longtemps sans en souffrir, à l'inextricable. Tu vas reprendre ta vie, il faut continuer ton œuvre si morale et si intéressante.

— Ah ! rien n'est plus intéressant que l'amour.

— Permets-moi de te dire, mon cher, que cet amour pour deux femmes, ressemble plus à un problème qu'à une passion. Chaque fois qu'un de tes rêves prend corps tu cherches une solution, laquelle te semble impossible à résoudre, dès qu'apparaît l'autre rêve ; tu perdras ton temps, ta santé et la fécondité de ton cerveau à te débattre ainsi dans de l'invraisemblable. Il faut épouser la reine ou la servante, ou bien, prendre le parti de voyager pour oublier. Je suis nommé Premier conseiller d'ambassade à Rome, je vais prendre possession de mon poste dans un mois. Si d'ici là tu ne t'es pas décidé, je prierai mon intérim à Rome de patienter deux mois encore et nous partirons ensemble pour l'Espagne ou l'Amérique à ton gré. Crois-moi, la vie est trop courte pour la diluer en tergiversations ou atermoiements.

Jacques réfléchissait, silencieux.

— Tu as raison, d'Hervais, je sens que j'endors ma volonté dans ce jeu de raquette à double volants. Je vais prendre mon parti.

— À demain donc, Jacques. As-tu quelque chose à dire à mademoiselle Gordon-Hope ? Elle m'a prié de passer chez elle.

— Ne lui parle pas de ma petite nurse, je lui raconterai tout demain.

Les deux hommes se serrèrent la main.

XI

Resté seul, Jacques essaya, mais en vain, d'ausculter son double amour. Quand Elly semblait triompher, la douce figure de Lily s'estompait sur le visage lumineux de la reine d'Orient. Les mêmes yeux, couleur noisette, pailletés d'or paraissaient avoir le regard plus profond sous la blonde chevelure, mais le sourire de Lily était plus attirant, plus voluptueux, et puis le souvenir de la blanche nuque de la petite Américaine avec ses frisons d'or, faisait battre le cœur de Jacques, sous une impulsion tout à fait sensuelle, tandis que la nuque de la petite nurse, cachée sous le lourd chignon qui descendait si bas, évoquait en lui une impression désagréable.

Il la connaissait bien cette nuque. Il l'avait découverte l'autre jour, quand penchée sur son livre et ignorant que Jacques l'observait, la nurse s'abandonnait dans ce qu'elle croyait être la solitude. Les cheveux couvraient les oreilles dont on ne voyait que les petits lobes, et le gros chignon reposait très bas, sur la naissance des épaules, cachant cette partie délicate, derrière le pavillon de l'oreille où prennent naissance les cheveux follets. Elly Gordon-Hope était parvenue avec grand-peine à emprisonner ses légères bouclettes d'or sous le lourd chignon ; elle avait dû, pour cela, échafauder cette coiffure un peu lourde et qui semblait cacher une tare mystérieuse.

Jacques passa une nuit agitée et son visage un peu plus creusé mit en méchante humeur son docteur et ami qui, un instant, songea à lui interdire de se lever. Mais Jacques prit cette idée en si mauvaise part, que le docteur Obissier qui soigne le moral de ses malades avec autant de sollicitude que leur corps, lui dit :

— C'est bon, c'est bon, ne vous énervez pas. Levez-vous, mais quel que soit le sujet qui vous tracasse, chassez-le pour vingt-quatre heures de votre pensée, vous êtes sur le pont qui conduit à la guérison, pour l'amour de Dieu ne le sapez pas, ne vous occupez en ce moment que de l'animalité qui compose tout être humain, fût-il grand penseur, grand héros, grand poète, grand écrivain ; quand votre chair aura complètement triomphé, mon cher Jacques, mettez en action vos rêves et vos passions, je n'y vois aucun inconvénient ; tout au contraire ; je me réjouis d'avance du beau livre profond et sain que je lirai au coin du feu pour me reposer de mes fatigues. Au revoir, je viendrai ce soir, vers neuf heures.

Après le déjeuner, Marthe se mit en devoir de préparer tout ce qu'il fallait à son maître pour cette première sortie du lit.

— Monsieur mettra sa robe de chambre, n'est-ce pas ?

L'idée seule irrita Jacques.

— Tu m'ennuies, Marthe, appelle Auguste, il saura mieux que toi ce qu'il me faut.

La servante, froissée, sonna sans mot dire. Quelques instants après, le valet de chambre étant entré :

— Auguste, préparez-moi mon costume bleu foncé, une chemise de soie et mes escarpins.

Marthe bougonna :

— Vous allez vous fiche en gandin, vous prendrez froid, et tout ça pour l'Américaine ! Du reste y paraît que quand elles ont quelque chose dans la caboche, elles n'ont ni fin ni cesse, qu'elles ne l'aient obtenu.

Et sur ce, elle sortit, faisant claquer la porte. Auguste se tordait, mais Jacques impatienté, lui imposa silence.

Les aiguilles de la petite pendule Empire allaient s'abattre sur la quatrième heure. Le cœur de Jacques battait à se rompre ; la glace lui renvoyait son image, il fut consterné par son changement. Et cependant, il restait beau, très beau, mais tout autre. Son air mâle et superbement vital avait fait place à une attitude un peu frileuse. Ses joues s'étaient creusées, l'arête de son nez s'éclairait durement. Ses lèvres pâlies ternissaient l'éclat de ses dents.

— Comme Elly va me trouver changé, pensa-t-il ? Lily, elle, n'a pas pu s'apercevoir de cette transformation. Quel beau regard tendre et profond était le sien quand hier elle me disait : « — Que voulez-vous faire de moi ? » Et je n'ai pas répondu. Où est-elle en ce moment, la douce petite créature ? Que pense-t-elle de moi ?

Et le jeune homme s'enfonça dans ses rêves.

XII

Une grande lumière inondant le petit salon, l'éveilla soudain. Elly était là devant lui, pâlie, elle aussi, mais semblant radieuse. Il fouilla son regard pensant y trouver l'étonnement de le retrouver si changé, mais Elly savait bien ce qu'avait vu Lily. La jeune Américaine rayonnait de le voir là, tout habillé dans ce petit salon, loin de la chambre qui avait failli être le dernier refuge de son adoré ami. En ce moment il était impossible à Jacques de confondre les deux jeunes filles qu'il aimait.

— Oui, il y avait bien quelque chose dans les traits, pensait-il, mais combien plus jolie, plus séduisante, plus grisante est celle-ci !

Et la force de la jeunesse chantait en lui. Il tenait les mains d'Elly, les petits ongles étaient roses, brillants et polis.

— Vous savez, Joli Sosie, que j'ai été soigné par l'autre Joli Sosie.

— Oh ! vraiment ! Et vous ne me disiez rien. Vite, vite, racontez.

Elle était tout contre le jeune homme. Il passa la main sur son front, légèrement étourdi par le parfum qui émanait de ce corps charmant.

— Dites vite, insista Elly.

— Oh ! c'est très simple. Je me suis un soir éveillé des terribles fièvres qui m'avaient terrassé, et j'ai vu, penché sur moi, votre charmant visage.

Elly rougit. Cette phrase directe, la troubla un instant.

— Oui, votre charmante image… mais avec des lueurs en moins et de l'ombre en plus.

— Vous ! lui ai-je dit ! Vous, ma petite vision de chez Bonvallet. Je vous ai tant cherchée.

Il s'était arrêté pour se remémorer cette minute.

— Et ?… demanda Elly.

— Et… je l'ai aimée follement pendant un instant.

— Vous le lui avez dit ?

— Je crois le lui avoir dit.

Après cette confession, il regarda, anxieux, la jeune américaine. Son visage reflétait une joie infinie qu'elle n'essayait pas de dissimuler. Puis redevenue femme :

— Je voudrais la voir, dit-elle d'une voix câline.

— Elle s'y refuse absolument.

— Pourquoi ?

— Elle craint la comparaison.

— A-t-elle raison ?

— Je crois que oui.

— Ah ! ce « je crois » laisse bien des portes ouvertes.

— Non, Elly, il n'en laisse qu'une, celle qui conduit à une tendresse reconnaissante. C'est doux, la tendresse. Mais l'amour, c'est plus beau !

— Est-ce aussi durable ?

— Je n'en sais rien. Je me sens pris pour vous d'une passion réelle, absolue. Jusqu'à ce jour, je vous tendais les bras à toutes deux…

— Pourquoi ce revirement ?

— Parce que, sortant de l'ombre dans laquelle j'ai failli sombrer, vous êtes la lumière ; parce que ayant lutté contre la mort, vous m'êtes apparu comme l'image de la vie. Faut-il vous l'avouer, Elly ? – et il baissa la tête, sans regarder la jeune fille, honteux de formuler tout haut ses pensées – la petite nurse que j'aimais, a été témoin de ma déchéance pendant cette maladie. Elle a assisté au désagrégement de mes forces vitales, intellectuelles. Il me semble que sa pudeur a dû souffrir de l'abandon involontaire de mon corps, car j'ai été une loque inerte entre les bras de ma vieille Marthe et de cette délicate enfant.

Les yeux d'Elly s'étaient remplis de larmes. Il la regarda, surpris.

— Qu'avez-vous ?

— Je pense à l'effondrement de la petite nurse si elle vous entendait. Décidément, sceptique ou psychologue, l'homme nous ignorera toujours. Laissez-moi prendre un instant la place de la petite nurse et vous dire… Quelle appellation vous donnait-elle en vous parlant ?

— Souvent « Monsieur mon ami ».

— Eh bien, « Monsieur mon ami », vous n'avez rien compris à mon amour, à mon infini dévouement. Oui, je vous ai tenu dans mes bras, tel un pauvre enfant sans défense, et je vous ai adoré pour cet abandon confiant de tout votre être ; oui, je me suis penchée sur vos lèvres glacées, vous insufflant la vie, et quand la buée mortelle de votre mal venait mouiller mes lèvres, je vous remerciais de la part involontaire que vous preniez à mon effort ; oui, mes mains se mouillaient des sueurs de votre fièvre, et je bénissais mes mains si légères dans leur besogne, et je vous aimais pour toute cette intimité maternelle qui vous faisait mien, je bénissais vos pâles sourires, vos regards qui remerciaient, vos serrements de mains. Vous étiez à moi, dans ces courts instants !

— Elly ! s'écria Jacques, qui s'était dressé le visage pâle. Elly !

Puis, retombant dans son fauteuil :

— Non, non, c'est impossible ! Je suis fou !

Et il passa la main sur son front pour chasser les pensées absurdes, – du moins le croyait-il, – qui bouleversaient son cerveau.

La jeune fille comprit qu'elle avait failli se trahir.

— Je vous ai fâché, Jacques ! Il faut me pardonner. Peut-être Mademoiselle Lily Scorrer n'aurait pas dit tout cela. Elle est douce, m'avez-vous dit ? Moi, j'ai en moi les ferments volcaniques de mon pays.

Puis, souriant de ce tendre et indéfinissable sourire qu'elle tenait de sa mère, elle prit la main amaigrie du jeune homme et la tint entre les siennes.

Jacques la regardait d'un regard intensif, audacieux. Il n'avait, en ce moment, aucun souci des convenances. Non, non, ces yeux mordorés n'étaient pas les mêmes. Ce petit front était plus bombé, ce cou plus gracile, et ces deux petites oreilles ourlées avec tant d'art, nacrées et pointues comme des oreilles de faunesse, non, la nurse ne les montrait jamais. Et cette nuque, cette nuque affolante, si blanche, duvetée de fils d'or.

Et dans un suprême sursaut vers la vie, il baisa ardemment ces petites mains qui tenaient la sienne prisonnière.

La jeune fille perdit contenance, enveloppée soudainement d'une ambiance de volupté. Intimidée, gênée, par cette première attaque de l'amour sensuel elle murmura.

— Je crois que je suis restée plus longtemps que je ne devais, Monsieur de Touzan.

Puis, élevant un peu la voix :

— Tu es là, Dominga ?

La porte du salon s'ouvrit et la joyeuse figure de la nourrice d'Elly chassa l'embuée mystérieuse qui s'était emparée des deux jeunes gens.

Dans une vague de paroles, l'Italienne exagéra ses compliments. Elly lui imposa silence gentiment, puis s'adressant à Jacques :

— Quand pensez-vous que vous pourrez sortir ?

Elle n'avait pas achevé sa phrase que Marthe introduisait le docteur Obissier.

Il témoigna le plaisir qu'il avait à revoir la jeune américaine. Elly s'était tout à fait reprise. Elle renouvela au docteur la demande qu'elle avait faite à Jacques.

— Oh ! très bientôt, mademoiselle. Je crois que dans trois ou quatre jours, si notre malade ne se fatigue pas, il pourra faire un petit tour au Bois.

Elly battit des mains.

— Trois jours, trois jours, quel bonheur !

— Quatre, bougonna durement Marthe qui, les poings sur les hanches, était restée médusée dans le fond de la chambre, fixant sans se lasser le visage d'Elly. Elle avait marmonné deux ou trois fois : « C'est-y possible ! » mais nul n'y avait pris garde.

Quand elle entendit partir l'auto qui emmenait Elly et Dominga, elle exprima sa stupéfaction :

— Ben, avez-vous remarqué comme cette pimbêche ressemble en laid à la petite nurse ?

— Tiens, c'est vrai, dit le docteur, il y a quelque chose.

— Quelque chose ! Il y a tout et il n'y a rien. L'Américaine est mieux nippée, mais…

— Assez, Marthe, va-t'en. Laisse-moi avec le docteur.

Le ton dur et tranchant de son maître l'impressionna et elle en garda rancœur à la jeune Américaine.

Le lendemain, Jacques recevait une dépêche de Gennaro lui disant quelle part joyeuse prenait Madame Gordon-Hope à sa convalescence et lui annonçant leur prochain mariage.

XIII

Le bois de Boulogne était paré de ses bourgeons, ressemblant à des cabochons de jade. Un doux soleil dorait les routes et chauffait les jeunes pousses.

Il émanait de toute cette vie renaissante un parfum qui grisait bêtes et gens. Les chevaux hennissaient, les oiseaux chantaient. Les hommes, les femmes, les enfants, humaient le renouveau.

Dans une magnifique torpedo, Elly et Jacques subissaient ce charme enivrant, avivé par leur amour.

Mademoiselle de Saulowa, qui accompagnait sa jeune maîtresse, se sentait elle-même émue.

Il était dix heures du matin. Peu de monde en voiture, mais de nombreux cavaliers chevauchaient déjà. Plusieurs saluts avaient été échangés. Tous étaient joyeux de voir l'illustre romancier revenu à la santé. Il est bien entendu que les petits potins, mi-rossards, mi-indulgents, s'échangeaient entre cavaliers.

— Eh bien, il n'est pas à plaindre notre ami. La petite milliardaire est, non seulement une bonne affaire, mais une charmante créature.

— Eh bien ! Et les aphorismes de son dernier livre contre les mariages d'argent ?

— Brocards d'avocat, mon cher.

Une jolie cavalière passa rapidement, jetant un coup d'œil vers Jacques ; le cavalier qui l'accompagnait, murmura :

— Pas bête, le romancier. La petite n'est pas jolie, mais elle a le sac.

La demi-mondaine répliqua :

— Vous êtes méchant comme tous les imbéciles ; l'Américaine est charmante, et mon ami de Touzan n'est pas un coureur de dot.

— Ah ! j'oubliais que vous l'avez aimé.

— Je l'aime toujours, murmura durement la jeune femme, et si je supporte vos assiduités c'est qu'il ne m'aime plus. Cette jeune fille est digne de lui, mais soyez convaincu qu'il ne l'épousera que parce qu'il l'aime, et si un obstacle se dresse entre eux, ce sera la fortune de la petite milliardaire.

Le clubman pouffa de rire, mais hautaine, elle ajouta :

— Oui, tout ceci est un peu loin de vous. Ne faites pas d'effort pour comprendre, et ne serrez pas nerveusement les flancs de votre jument qui n'en peut mais, et va prendre le galop.

Puis, tournant bride, elle alla se mêler à un groupe de jeunes cavaliers qui débouchaient de l'allée des Acacias.

Elly et Jacques, tout à l'ivresse de vivre ne se doutaient pas des papotages que soulevait leur apparition. La présence de la demoiselle de compagnie ne leur permettait pas d'échanger leurs impressions réelles et, indociles tous deux à la banalité des phrases, ils se livraient au mystérieux concert d'amour que seuls les amants peuvent entendre.

La vieille Marthe attendait son maître devant la porte du petit hôtel.

— Ah ! que vous voilà rayonnant.

Jacques avait sauté de la voiture léger, joyeux ; il baisa la main d'Elly disant : À demain !

La domestique avait ouvert la porte.

— Ah ! ma bonne Marthe, je suis trop heureux. Il faut craindre le malheur.

— Ah ! bien, qu'y vienne, il aura affaire à moi.

Et la servante montra son large poing cuivré.

— Et, tenez, voilà que j'oubliais de vous la donner. C'est une lettre que je devais vous remettre quand vous seriez tout seul. La v'là.

Jacques tressaillit.

— Voilà, pensa-t-il, l'attaque directe à mon bonheur.

Il regarda l'enveloppe, l'écriture lui était inconnue ; il hésitait à l'ouvrir. Enfin, l'enveloppe céda sous son doigt nerveux. Il lut : Monsieur mon ami…

Puis, anxieux, il murmura : « Lily ! » et pour se convaincre, il ouvrit la feuille, ses yeux tombèrent sur la signature : « Lily Scorrer » :

« *Monsieur mon ami, j'ai l'impression que je vais vous causer un chagrin, mais vous me pardonnerez quand vous saurez que ce chagrin devient pour moi l'effondrement de toute ma vie. Vous m'avez dit : Je vous aime, Lily, et j'ai ressenti à cette minute toute l'ivresse que peut donner l'amour. Et puis cette minute est restée une. J'ai compris que j'étais née pour la douleur.*

Quelle est la faute que j'expie, je l'ignore, vous aimez une autre femme et je dois rentrer à tout jamais dans l'ombre. J'ai murmuré sur vos lèvres mon éternel adieu, je garderai à tout jamais la douceur de cet effleurement.
— Lily Scorrer ».

Une profonde désespérance envahit le jeune homme. Lui, si heureux il y a une heure, n'était plus maintenant qu'un malheureux être livré à des remords que sa nature chevaleresque et loyale exagérait.

— Oui, oui, je lui ai dit : Je t'aime, « Joli Sosie ! » Oui, j'ai jeté le grain d'amour dans ce cœur pur, et la semence a germé, et je me suis dérobé lâchement.

Les larmes lui vinrent aux yeux.

— J'ai écrasé un cœur de jeune fille. Je me souviens, je me souviens. Je n'ai pas répondu. Elle m'a demandé : « Qu'allez-vous faire de moi ? » Et la voilà partie ! Elle est rentrée dans l'ombre si froide de la pauvreté, de l'isolement. Cette lettre n'est pas celle d'une servante.

La distinction de cette enfant, sa culture, son jugement si délicat, la finesse de ses mains, de ses attaches, tout cela est une hérédité ! Je la retrouverai, je sècherai ses pleurs, je…

Jacques devint livide. Une touche légère sur son épaule le fit vivement retourner. Il était seul, mais une forme légère, blonde, souriante, semblait s'avancer vers lui.

— Elly, murmura-t-il, pardonnez-moi, je souffre, je vous aime, je le sais, je le sens, votre vision brûle mes veines, je ne renie pas l'amour que j'ai pour vous, mais puis-je sans lâcheté briser à tout jamais cette fleur fragile qui est votre image ?

Marthe entra.

— Monsieur veut-il déjeuner ?

Cette brusque intervention de la réalité dans son cauchemar fit, sur Jacques, l'effet de la douche sur un fou. Il regarda Marthe.

— Qui t'a remis cette lettre ?

— Une femme qui m'a dit : Remettez cette lettre à Monsieur de Touzan quand il sera seul.

— Comment était cette femme ?

— Jolie et jeune et rieuse.

Marthe dit :

— C'est-y qu'elle vous tourmente, cette lettre ?

Jacques ne répondit pas.

— Oh ! notre maître, faut pas.

— Sers-moi le déjeuner, tout de suite.

Auguste annonça :

— Le comte d'Hervais.

Il sembla à Jacques que l'entrée de son ami le délivrait en un instant de tous les gnomes et papillons noirs qui s'étaient installés dans son cerveau.

— Tu déjeunes avec moi ?

— Soit, je veux bien.

— Marthe, un couvert de plus.

— Monsieur d'Hervais déjeune ? Ah ! tant mieux ! Car j'ai concubiné le déjeuner avec monsieur. Vous allez voir s'il est bon.

Et verbeuse :

— Omelette au jambon, pidines aux crapougeons (pigeons en crapaudine), foie gras avec une pommade salée (salade pommée).

Jacques ne prit garde de reprendre la servante, car la brave femme était très énervée depuis deux jours, ce qui augmentait son bafouillage contrepétrique.

Quand ils furent seuls, Jacques remit à d'Hervais la lettre de la petite nurse.

Après en avoir pris connaissance, Henri murmura :

— Pauvre gosse !

— N'est-ce pas que c'est horriblement douloureux. Je ne puis pas abandonner cette enfant.

— Et cependant, tu n'as plus le droit de te dérober vis-à-vis de miss Gordon-Hope. Elle est, à cette heure, pour tout le monde, ta fiancée.

— Nous n'avons cependant, pris aucun engagement.

— Non, mais vous avez agi, tous deux, un peu trop à la légère. Miss Gordon-Hope est innocente de tout cela, elle ne connaît ni les susceptibilités, ni les chinoiseries de la société ; mais toi, tu les connais mieux que qui que ce soit, puisque tu les juges dans tes livres. Elly est compromise par toi d'une façon irrémédiable, tu ne peux donc épouser Lily. Je pense cependant comme toi qu'il faut faire quelque chose pour elle.

Jacques nerveux exclama :

— Mais où, où la trouver ?

— Je n'en sais rien, mais je crois qu'il faut d'abord prendre Elly comme conseil. Elle sait, elle admet même ton amour, persuadée qu'elle est préférée.

— Ah ! je ne sais plus, dit l'écrivain découragé. Si je faisais un livre sur ce sujet, je sortirais facilement de ce labyrinthe, mais en face de la réalité, aux prises avec deux cœurs de femmes ayant même visage, amoureux fou de la blonde, amoureux attendri de la brune, ayant assumé la responsabilité de l'honneur de l'une et la responsabilité du bonheur de l'autre, je me débats, et je te jure, Henri, que je me sens devenir fou.

Un appel du téléphone arrêta les dissertations de Jacques, qui prit le récepteur.

— Comment vous sentez-vous ? La promenade vous a-t-elle fait du bien ? Avez-vous de l'appétit ? Moi, j'ai dévoré, à déjeuner ; je me sens si heureuse !

Chaque demande avait eu sa réponse.

Au moment où la jeune fille allait quitter le téléphone, un nerveux : « Écoutez-moi ! » la cloua sur place.

— Je désire vous revoir aujourd'hui, Joli Sosie. Si vous le permettez, je serai chez vous dans une heure.

— Mais non, mais non ! s'écria la jeune fille, avec une telle impétuosité, qu'Henri d'Hervais qui était resté à table l'entendit.

Et elle continua :

— Le docteur vous a permis deux heures de sortie. Ne pouvez-vous me dire ce que vous désirez par téléphone. Non, c'est impossible. Est-ce donc si pressé ?

— Oui, très pressé. Il s'agit de votre Sosie qui a disparu et d'une lettre qu'elle m'a envoyée qui me bouleverse.

— Alors, je viendrai dans une heure, mais ; à la condition que vous soyez très calme. Vous êtes seul en ce moment ?

— Non, Henri d'Hervais est là.

— Eh bien, retirez-vous de l'appareil et priez-le de prendre votre place. À tout à l'heure.

Henri avait pris le récepteur.

— Tous mes hommages, mademoiselle, je vous écoute.

— Soyez ce que vous êtes toujours, le plus charmant des hommes, ne quittez pas Jacques avant que j'arrive. Il s'énerverait par mille pensées compliquées. J'attends une amie de ma mère, elle est âgée, et m'ayant prévenue de sa visite, je ne puis me dérober ; mais comme c'est son jour consacré aux visites, et qu'elle en a vingt...

— Ah ! c'est la comtesse d'Epinettes.

— Elle-même ! Tous les mardis et tous les vendredis elle fait vingt visites, de sorte qu'elle ne peut rester longtemps... Oh ! non, mademoiselle, ne coupez pas !... Oui, je suis un peu bavarde, mais j'ai fini dans deux minutes.

... Donc, je viendrai près de Jacques dans une heure. Mille merci, vous êtes charmant.

Et les deux amis se remirent à table. Marthe était là, ronchonnante.

— Ce sera froid !

— Mais puisque nous en sommes au foie gras et qu'il est froid ma bonne Marthe, qu'est-ce que cela peut faire ?

La voix bourdonnante de Marthe reprit :

— Oui, mais comme il était à la glacière, ça sera chaud.

Les deux jeunes gens se mirent à rire, et Marthe, offensée, s'en fut.

XIV

Une auto s'arrêtait devant le petit hôtel de l'écrivain.

— Ne bouge pas, je vais au-devant de miss Gordon. Ne te mets pas dans les courants d'air.

Elly entrait. Jacques baisa ardemment sa petite main dégantée. Elle eut un joli : Merci ! pour d'Hervais et après avoir ouvert son manteau, elle s'installa gracieusement en face de Jacques.

— Allons, racontez vite.

Il lui tendit la lettre. La jeune fille feignit de la lire avec attention, mais elle rougit quand d'Hervais lui dit :

— Avouez, mademoiselle, que cette lettre n'est pas d'une servante.

— Mais, une petite garde-malade amé… anglaise, je veux dire, est mieux qu'une servante. En Angleterre, comme chez nous, on les considère avec beaucoup d'égards. Vos grossières gardes-malades des hôpitaux ne peuvent se comparer aux nurses.

— Qui vous a si bien renseignée sur nos garde-malades ?

La douce figure se rembrunit.

— Je suis allée deux fois à l'hôpital, avec Gennaro, voir un pauvre italien qui se mourait de la poitrine. Sa garde-malade était sale, brutale et sans politesse. L'édifice est enclavé dans un chaos de vieilles maisons, l'air est vicié, les bruits du dehors étouffent les plaintes des malheureux, c'est une honte pour un pays civilisé, d'avoir de pareils abris pour ceux que la misère et la souffrance forcent à s'y réfugier. Et il paraît que presque tous vos hôpitaux sont semblables à celui-là !

— Il y en a un qui échapperait à votre critique, « Joli Sosie », c'est l'Hôpital Broca, restauré, aménagé par le grand chirurgien Samuel Pozzi.

— Oui, ajouta tristement Henri d'Hervais, un être plein de charme, un esprit large, ouvert à toutes les sciences, tous les arts, un cœur généreux et pitoyable à toutes les souffrances morales et physiques. Et il a été tué par une brute inconsciente, alors que doux et patient, il essayait de lui faire comprendre que son mal n'appartenait plus à la chirurgie, mais à la médecine.

Ils restèrent tous trois silencieux, de ce respectueux silence qui est une prière, un souvenir, un regret.

Jacques avait pris, sur un petit guéridon qui se trouvait à portée de sa main, la photographie de l'illustre chirurgien.

Elly la prit doucement :

— Ah ! comme il est beau !

— Oui, dit Jacques et son âme était semblable à son visage.

François d'Hervais prit congé des deux jeunes gens.

— Je vous laisse. Vous me tiendrez au courant de ce que vous aurez décidé, et ne craignez pas d'user de ma petite influence s'il est nécessaire. Je suis absolument vôtre.

— Je pense, dit la petite Américaine, qu'il faut que j'aille me renseigner près Mrs Candower, directrice de la Nursery Anglo-Américaine. C'est elle qui l'a désignée au docteur Obissier.

Elle ébauchait un mensonge.

— Vous l'aviez vue alors ?

— Je crois, mais je ne pourrais l'affirmer.

— Alors, vous n'avez pas pu vous rendre compte de cette ressemblance ?

Elly, approchant son fauteuil, prit un ton confidentiel :

— Enfin, si nous la retrouvons ?...

Et le sens suspendu de sa phrase demandait une réponse.

— Ah ! voilà, je suis un homme désemparé. Mon cerveau est en ce moment un moulin qui broie le froment et l'ivraie, et je me sens incapable de diviser ces semences. Je vous aime, vous le savez. Vous ne me croyez pas homme à abuser de notre solitude pour vous faire cet aveu ? Du reste, ce n'est pas un aveu, c'est la constatation de menus faits que vous n'ignorez pas.

Le regard de la jeune fille se fit anxieux, interrogateur, puis, d'une voix émue et un peu lointaine :

— Mais vous aimez aussi mon Sosie.

— Je crois que je l'ai aimée comme on aime l'héroïne d'un livre qui vous a plu, comme on aime un rêve fugace qu'on cherche à retrouver dans le sommeil. Dès que je vous ai vue, vous, une lutte s'est engagée entre la réalité et le rêve ; chaque jour votre grâce infinie, votre cœur charmant, se sont révélés à moi et ont pris possession de mon être.

— Et cependant, nous cherchions ensemble et de bonne foi l'image vivante de votre rêve.

— Oui, et le Destin a voulu que je la retrouve si semblable à vous et cependant toute autre.

— Et vous lui avez dit : « Je vous aime », comme vous me le dites à moi en ce moment, Jacques !

— J'étais un être affaibli par la maladie, esseulé depuis quinze jours et dans un rayon de lumière j'ai revu subitement le soleil et l'amour que l'âpre maladie avait enveloppés d'ombre.

— Mais elle, cette petite nurse, elle vous a cru sincère.

— Je l'étais et c'est pourquoi je veux la retrouver. Je vous adore et pourtant, je ne serai complètement heureux que lorsque cet autre Joli Sosie m'aura pardonné après avoir entendu ma confession.

Elly, debout, tendit ses deux mains au jeune homme, qui se leva aussitôt.

Jacques était très pâle. Enfin, elle dit d'une voix grave :

— Moi aussi je vous aime, Jacques. J'ai voulu, avant de vous le dire, être sûre que vous étiez bien celui-là qui a écrit de si nobles pages, qui a prêché de si belles et pures doctrines. Vous saurez plus tard pourquoi j'ai le droit de vous dire : Jacques, je vous aime et ma vie sera telle qu'il vous plaira qu'elle soit. À demain. Je retrouverai mon sosie. À demain, Jacques.

Marthe rentra dès que l'Armoricaine, – comme elle disait, eut disparu.

— Allons, monsieur, il faut vous reposer. Le docteur a dit que deux heures de sommeil étaient nécessaires après votre manger.

— Oui, ma bonne Marthe. Ferme les rideaux et défends ma porte.

Marthe, heureuse de cette douceur, approcha le large pouf qui appartenait au fauteuil dans lequel Jacques était assis et qui faisait chaise-longue. Puis elle ferma les grands rideaux de brocart, étendit une légère couverture sur les pieds de son maître et sortit, le cœur noyé de reconnaissance, parce qu'il consentait à dormir. Jacques voulut diriger ses pensées dans le labyrinthe de son cerveau, mais il s'endormit bientôt et ses pensées devinrent des fantômes aimés qui apparaissaient et disparaissaient dans une inextricable forêt vierge.

Seule dans son auto, la jeune Américaine envisagea, non sans battements de cœur la phase nouvelle du roman qu'elle avait imaginé et vécu.

— Dois-je lui avouer la vérité dans une lettre ? Oh ! non, ce serait amoindrir notre si jolie aventure. Lily doit-elle revivre une heure, pour recevoir la confession qu'Elly entendra en même temps.

Un sourire éclaira son visage.

— Je sais bien que je lui pardonnerais de choisir Lily, mais la petite vanité de mes cheveux d'or me fait désirer qu'il préfère Elly. Jacques, mon ami Jacques, vous devez vous demander : Comment pourrai-je sortir de cette impasse sans blesser un de mes jolis Sosies ? Et moi je sais que les deux Sosies ne chanteront qu'un hosannah d'amour, quel que soit votre choix.

Et joyeuse, enfantine, elle battit des mains et son rire s'égrena comme un arpège de flûte.

Le lendemain, Jacques se réveilla nerveux, il avait mal dormi, il eut grand-peine à attendre l'heure convenable pour téléphoner à une femme. Il regardait sans cesse la pendule. À dix heures, il n'y tint plus.

— Mademoiselle Gordon-Hope est-elle levée ?

Marion, qui avait pris le récepteur, devina que l'interpellateur était Jacques de Touzan, mais elle feignit d'ignorer.

— Qui est au téléphone ?

— Monsieur de Touzan.

— Ah ! très bien, monsieur, je vais prévenir mademoiselle.

— Allo ! Allo ! Oui, c'est, moi. Comment allez-vous ? Soyez content !... Elle viendra cet après-midi.

— Lily ?

— Oui, Lily.

— Et vous ?

— Moi je viendrai quand elle sera partie... Nous ne tenons, ni l'une ni l'autre à nous rencontrer... Et cependant...

— Quoi, cependant ?...

— Rien. Une idée rieuse qui me traverse l'esprit.

Jacques voulut encore interroger, la communication était coupée. Incapable de préparer le moindre plan de conduite, impuissant à trouver une solution acceptable, il souhaita ne pas rester seul, tant sa nervosité était grande.

Il téléphona à Henri d'Hervais.

Ce dernier avait beaucoup réfléchi à propos de l'étrange aventure de son ami et il craignait que cette intrigue se prolongeant, ne suscitât une crise de neurasthénie au convalescent.

— Sois tranquille, je viendrai déjeuner avec toi, mais, morbleu, ménage tes nerfs.

Pendant le déjeuner il ne fut naturellement question que d'Elly et de Lily.

— Il faudra, disait Henri, obtenir de la petite nurse qu'elle retourne en Angleterre, près de sa famille.

— Oui, je lui assurerai une existence large et elle pourra aimer la vie.

Et quant à mademoiselle Gordon-Hope…

Jacques resta pensif.

— Cette immense fortune, voudra-t-elle y renoncer ?

Henri d'Hervais devint grave.

— Oui, elle y renoncera sûrement. Mais en exigeant d'elle ce sacrifice, permets-moi de te dire que tu commets une bêtise dont les conséquences sont incommensurables.

Veux-tu me dire les raisons que tu invoques pour agir ainsi ?

— J'ai cent fois blâmé, et vertement jugé, les mariages d'argent.

— Et tu as parfaitement raison. Mais l'amour de deux êtres jeunes, beaux, riches, purs de toutes tares physiques ou morales, ne peut être effleuré par aucun soupçon.

— Oh ! je ne crains pas le qu'en dira-t-on des imbéciles, seulement, nos fortunes sont trop disproportionnées.

— Veux-tu me dire si tu trouves que cette disproportion, – pour me servir du même terme que toi – entache en quoi que ce soit, ton honneur ?

— Non, sûrement, mais il me semble que cela me donne une infériorité vis à vis de celle qui deviendra ma femme.

— Alors, mon ami, c'est que tu donnes à l'argent une valeur qu'il n'a pas et cela m'étonne d'un esprit supérieur comme le tien. L'argent est le nerf de la guerre, dit-on. Mensonge ! Le nerf de la guerre, c'est la bravoure dans le patriotisme, poussée jusqu'au délire. Quant à l'amour, tout être, en naissant, le porte en lui, et les beaux vers de Malherbe :

Le pauvre en sa cabane où le chaume le couvre,
Est soumis à ses lois.
Et la garde qui veille aux barrières du Louvre
N'en défend pas les Rois.

… pourraient tout aussi bien définir le pouvoir de l'amour que celui de la Mort. L'argent est méprisé, parce qu'il est trop souvent manié par des êtres méprisables, mais une semblable fortune entre les mains d'un homme comme toi, devient une source de bienfaits. Tu pourras enfin réaliser ton rêve, défendre les brevets français, encourager, soutenir, les inventeurs. Tiens ! toi qui admires à juste titre Turpin, tu pourrais lui donner le moyen d'expérimenter ses découvertes et ce sera vraiment une œuvre patriotique, celle-là. L'argent d'Elly dotera le ciel de nouveaux oiseaux, et les jeunes écrivains trouveront près de toi l'appui matériel qui leur fait si souvent défaut. Et tu verras Jacques, qu'on est toujours trop pauvre alors même qu'on est milliardaire pour le bien qu'il y a à faire. Pour une des rares fois où la fortune cesse d'être aveugle, ne la rejette pas dans les ténèbres. Sur ce, je me sauve, car j'ai entendu sonner.

XV

Marthe, rieuse, entrait.

— V'là la gosse qui vient vous faire ses adieux.

Le sang afflua au cœur de Jacques, dont le visage soudain s'altéra.

Lily Scorrer entra.

Henri d'Hervais s'effaça sur le seuil de la porte pour la laisser passer. Il eut ainsi le temps de la voir mieux qu'il n'avait pu jusqu'ici.

— C'est fabuleux comme ressemblance, pensa-t-il.

Mais son esprit ne supposa pas une seconde la curieuse supercherie d'Elly. Il salua la jeune nurse et partit.

Jacques regardait la jeune fille. Elle lui semblait plus étrangère.

— Asseyez-vous, miss Scorrer.

C'était la première fois qu'il lui donnait ce nom et il pensait mettre ainsi une petite distance entre eux.

— Je suis venue vous dire adieu, monsieur de Touzan, parce que mademoiselle Gordon-Hope m'a priée de le faire.

— Vous m'avez écrit une lettre cruelle.

— Oh ! non, je vous ai dit dans quelques lignes l'espoir qu'avait éveillé votre aveu, et ma désespérance quand après vous avoir demandé : « Que voulez-vous faire de moi ? » vous êtes resté silencieux. Alors j'ai compris que de vos deux amours, il ne vous en restait plus qu'un et que je n'étais plus rien dans celui-là.

Jacques s'était levé. Il alla vers la jeune fille.

— Écoutez-moi, Lily, et comprenez-moi bien. Je conserve pour vous une infinie tendresse, car je vous dois la première impression d'amour pur. C'est vous aussi que j'aime dans cette jeune étrangère qui, semblable à vous, m'inspire cependant un amour plus humain.

Le cœur d'Elly palpitait, et pour cacher son émotion, elle rendit Lily agressive.

— Puis, vous auriez eu à rougir de moi.

— Ne me prêtez aucun sentiment bas. J'ai pensé très sérieusement à faire de vous ma femme, et Mademoiselle Gordon-Hope sait quelle insistance j'ai mise à vous chercher. Puis, vous êtes entrée davantage en moi sous les traits de votre Sosie, son charme personnel a achevé votre œuvre. Cependant, je me reconnais coupable envers vous, et je vous demande, comme une grâce de me permettre de réparer par mon amitié, ma sollicitude, une partie du mal que je vous ai causé.

Elly perdait de plus en plus contenance, et la crainte de se trahir fit perdre toute mesure à la petite nurse.

— Vous ne pouvez rien pour moi. Je suis venue vous dire adieu pour toujours. Adieu monsieur de Touzan.

Jacques lui barra la porte.

— Où allez-vous ?

— D'où je suis sortie ; dans l'ombre et la misère.

Jacques tremblait d'émotion. Son âme loyale se révoltait à l'idée du mal qu'il croyait avoir fait ; son esprit d'équilibre et justice se souleva contre lui-même.

— Si vous sortez d'ici sans accepter mes offres, je vous donne ma parole d'honneur que ce soir même je partirai, après avoir écrit à Mademoiselle Gordon-Hope toute la vérité. L'assurance que notre bonheur écraserait un pauvre petit être sans défense, anéantirait à tout jamais ce bonheur. S'il vous plaît de briser trois existences, partez !

— Je reviendrai dans une heure, pensa la jeune Américaine et je lui avouerai tout.

Et elle franchit la porte. Mais le bruit d'un sanglot la cloua sur place. Elle regarda : Jacques, retombé dans un fauteuil, sanglotait comme un enfant, murmurant : Elly ! Elly !

Alors, affolée, repentante, la jeune fille se précipita vers lui, et tombant à ses genoux :

— Jacques, Jacques, pardonnez-moi. Je ne suis qu'une enfant ! J'ai joué avec le feu. Pardonnez-moi, ne pleurez pas, c'est trop douloureux à voir.

Alors, le jeune homme relevant son visage pâle :

— Alors, dites, Lily, dites que…

Mais, défaisant fiévreusement les épingles qui retenaient la lourde chevelure brune :

— Ce n'est pas Lily qui te demande pardon. Regarde.

Et sa chevelure, dorée comme un soleil, éclaira en une seconde l'énigmatique aventure.

— Elly ! Elly ! C'est toi, folle adorée, qui depuis si longtemps m'affoles et me tortures.

Il avait plongé ses mains dans toute cette lumière blonde.

Un frisson s'empara de lui.

— Ah ! « Joli Sosie », que je t'aime !

La jeune fille, éperdue, ferma les yeux, sa tête charmante s'abandonna... leurs lèvres s'unirent pour la communion de l'amour.

***

Deux mois après, le mariage de Jacques de Touzan et de Mademoiselle Gordon-Hope, était célébré dans l'église Saint-Honoré-d'Eylau. La chronique mondaine, après avoir énuméré les nombreux et illustres personnages présents à la cérémonie, ajoutait :

— On a beaucoup remarqué la jeune mère de la charmante mariée, Madame veuve Gordon-Hope, la milliardaire américaine, devenue depuis un mois, la femme du comte Gennaro di Campini ; elle était gracieusement emprisonnée dans un fourreau de satin gris, brodé de très petites perles blanches, un long renard argenté et une petite capote garnie de roses pâles. La comtesse semblait être la sœur de la jeune épousée. Parmi les garçons d'honneur on admirait un jeune homme de dix-sept ans, d'une beauté extraordinaire. Chacun se demandait quel était cet éphèbe, que personne ne connaissait. Ce jeune homme se nommait Julio Torelli, un jeune artiste, digne descendant de Benvenuto Cellini, découvert par la riche Américaine, dans une humble famille d'artisans.

Sa bienfaitrice l'a confié à notre plus grand sculpteur et ce dernier affirme que les poteries sorties des mains de ce jouvenceau, sont modelées et peintes par un artiste que le génie a touché de son aile.

Elly et Jacques de Touzan partirent le soir même du mariage. Ils allèrent à Nice, d'où ils devaient s'embarquer sur un yacht magnifique que la comtesse di Campani avait offert à son gendre.